Gótico nordestino

Cristhiano Aguiar

Gótico nordestino

5ª reimpressão

Copyright © 2022 by Cristhiano Aguiar

Grafia atualizada segundo o Acordo Ortográfico da Língua Portuguesa de 1990, que entrou em vigor no Brasil em 2009.

Capa
Kiko Farkas/ Máquina Estúdio

Imagem de capa
A luta dos anjos, de Gilvan Samico, 1968, xilogravura sobre papel japonês artesanal (54,8 × 33 cm). Acervo Gilvan Samico. Reprodução de Helder Ferrer

Preparação
Beatriz Antunes

Revisão
Marina Nogueira
Fernanda França

Dados Internacionais de Catalogação na Publicação (CIP)
(Câmara Brasileira do Livro, SP, Brasil)

    Aguiar, Cristhiano
        Gótico nordestino / Cristhiano Aguiar. — 1ª ed. — Rio de Janeiro : Alfaguara, 2022.

    ISBN 978-85-5652-135-4

    1. Contos brasileiros I. Título.

21-89321   CDD-B869.3

Índice para catálogo sistemático:
1. Contos : Literatura brasileira   B869.3
Maria Alice Ferreira – Bibliotecária – CRB-8/7964

Todos os direitos desta edição reservados à
EDITORA SCHWARCZ S.A.
Praça Floriano, 19, sala 3001 — Cinelândia
20031-050 — Rio de Janeiro — RJ
Telefone: (21) 3993-7510
www.companhiadasletras.com.br
www.blogdacompanhia.com.br
facebook.com/editora.alfaguara
instagram.com/editora_alfaguara
twitter.com/alfaguara_br

Muitas coisas no mundo… andam estranhas…
Alan Moore, *Monstro do pântano*, n. 44

Sumário

Anda-luz						9
As onças					18
Lázaro						32
Firestarter					45
A mulher dos pés molhados	53
Tecidos no jardim			75
A Noiva						78
Anna e seus insetos			93
Vampiro						108

Agradecimentos			133

Anda-luz

Era madrugada quando a porta abriu:

— Acorda, acorda, Chiquinho... É tu que vai levar o recado pra Zé Barbatão!

O menino esfregou os olhos cheios de remela. Para satisfação da mãe, não hesitou. Pulou da cama como um soldado em miniatura. Chiquinho ouviu o cantar do galo, latidos distantes e o rádio, som baixo, ligado no quarto dos pais, "... prevista para esta manhã a extraordinária passagem do...". Reconheceu os cheiros. Ovo mexido, café prontinho. O lampião trazido pela mãe, postado no chão, iluminava todos os pés do quarto.

Comeu apressado. A mãe tentava sorrir. Parecia alerta, com medo de alguma coisa?

— O que tem no bilhete, mainha?

— E eu vou saber, menino? É coisa de Doutor Quincas.

Então era recado do Coronel Quincas, em cuja propriedade a família de Chiquinho vivia e trabalhava. Mas quem garantia que não tinha ali também coisa dela? Afinal, o envelope soltava um perfume. Chiquinho imaginou uma flor amarrotada, escondida... Uma flor, como daquela outra vez. Afastou a desconfiança. Primeiro, é pra respeitar mãe, *sim*. Segundo, se esbaldava com o privilégio de comer ovo, bolacha e goiabada de uma vez só.

— Tu não vai pela estrada! Vai pelo mato, vai por *dentro*, pelo caminho até chegar em Riachão da Frente, onde Zé tá com o bando.

— Mas mainha...

Um sinal de silêncio.

— Que foi?

— E a Febre? Eu vou ter que passar pelo...

O abraço dela o interrompeu.

A mãe separou uma garrafinha de água, metade de um pão com queijo e um pedaço de rapadura. Ajeitaram tudo numa bolsa de couro surrada, que Chiquinho pendurou no ombro. Ela botou uma cruz de prata no pescoço do filho. Depois, rezaram.

— Vai ter um anjo de prata te protegendo, Chiquinho. Um que tem asa de prata que nem essa cruz! Agora vai. E não dê consideração pra ninguém que não for Zé Barbatão. Ninguém daquele bando. Entendeu? Entendeu?

Quando a porta da casa de reboco foi fechada, sobrou pouca luz no terreiro do sítio. Uma cerração cobria a vegetação rasteira. A paisagem ali era de suaves elevações no terreno, coberto de mato ralo e ocasionais árvores robustas. Chiquinho andou em ritmo de marcha. Atravessou a escuridão. Tomava o cuidado de não fazer barulho ao passar próximo dos pequenos sítios ou das casinhas. O problema nem era encontrar o caminho para Riachão da Frente, mas sim as histórias que o povo contava, umas histórias de assombração de beira de estrada nas quais Chiquinho não conseguia deixar de pensar. Tinha também o espetáculo lindo do pisca-pisca dos vaga-lumes. O menino gostava de brincar com eles, mas com cuidado para não machucar. Gostava de, por alguns segundos, fechá-los na mão em concha, imaginando que havia uma estrelinha pulsando por dentro dos dedos.

No meio da noite e nas esquinas dos caminhos das estradas, as assombrações são luz e grito. De noite corre onça da mão torta e onça boi, e suas patas são iguais às de um boi; de noite corre o Cabeleira, cangaceiro amaldiçoado que segura numa mão uma faca ensanguentada e na outra a própria cabeça; de noite corre também Fogo Vivo, um vapor luminoso subido dos túmulos, cujo grito sem boca endoidece as pessoas.

As ameaças desceram da sua cabeça, atravessaram o estômago e pesaram na barriga. Uma pontada — umas garras afiadas espetando de dentro das entranhas. Foi faltando o ar também. Encostou em uma árvore grande, de tronco grosso, mas antes tentou ver se tinha escorpião ou cobra. Tomou um longo gole de água.

Viu no chão, entre a sugestão que os fios de luz da madrugada iam concedendo, uma estrelinha. Se acocorou — o vaga-lume estrebuchando. Chiquinho ia falar algo, mas calou a boca com as mãos. Tentou lembrar se alguma lição do padre Antão podia ajudar, mas parece que o povo só sabe de cura de bicho grande, que se doma ou se come. E agora? Uma luz, minúscula, se apagava... Ia ficar até o fim, não custava nada. No horizonte, as nuvens começavam a azular, arroxear. Um ventinho morno, bom, passou correndo; a neblina diminuía, o chuvisco secava. O sol acabava de nascer — no chão, tudo era dia.

Chiquinho podia dar a volta por aquele povoado, mas diziam que por ali dava muita cobra. Melhor seguir na vereda de terra por onde caminhava há uma hora, melhor atravessar as casinhas, e logo chegaria em Riachão da Frente. A Febre tinha aparecido até nos jornais de Campina Grande, que Chiquinho lia pra mãe quando uma das filhas do coronel deixava algum exemplar com ele. Várias cidades pequenas estavam com a Febre, até Riachão da Frente. Zé Barbatão não temia nada disso. Nenhuma doença podia com seu bando! Além do mais, a Febre era um bom lugar para se esconder da polícia. Chiquinho amava a valentia do cangaceiro, ao mesmo tempo que desgostava dele.

Repetiu a reza da mãe. Segurou o crucifixo e lembrou do anjo de prata, alado, invisível, flutuando por cima da cabeça com uma espada flamejante, ou então caminhando ao seu lado, trajando roupa de ferro que nem os cavaleiros dos folhetos de feira.

O povoado era um amontoado de casas, a maioria com porta janela de madeira. Tinha no centro duas árvores grandes (uma delas desfolhada, algo pendurado nos galhos), o poço e, mais pra frente, a igrejinha pintada de branco. Foi passando por ela que Chiquinho vislumbrou uma trilha.

O menino não viu ninguém, a não ser uma velha varrendo a entrada de casa. Era muito idosa. Cabelo branco, longo e seco. Encurvada, proteção no rosto, um pano colorido de algodão. Se havia mais alguém no povoado, ou estava morto, ou doente, ou foi embora dali. Seguiu os ensinamentos do padre Antão. Para evitar contaminação por qualquer peste, era preciso andar em zigue-zague pelo terreiro do lugar contaminado. E de onde vinha a doença? Padre Antão, latinista, intelectual, astrólogo, eleito Rei dos Sonetistas da Serra da Borborema, falava de "miasmas terríficos" e de "conjunções astrológicas nefastas e odientas". Porém a comunidade aparentava ter escolhido outra causa. O corpo de um homem de feições estrangeiras pendia enforcado da árvore desfolhada. Embora aquele não fosse seu primeiro morto, ao percebê-lo o menino sentiu o impacto de uma trombada no peito. O coração palpitou. No pescoço do cadáver tinha uma placa — Chiquinho não entendeu o que estava escrito.

Acelerou o passo, sempre atento aos arredores. Deu um pulo quando, se afastando do morto, ouviu uma voz; um som esquisito, uma corda fina esticada a ponto de se romper. Rosto lívido, se agachou na terra empoeirada. Quando o som se repetiu, sacudiu os braços, implorando a misericórdia de Jesus Cristo e dos anjos! A criaturinha cambaleava em sua direção.

Era só um filhote de gato. Miava desconsolado — um gato maior jazia morto ali perto, tripas todas pra fora.

Padre Antão nunca falou nada sobre gatos. Eles passavam a peste? O bichinho, os pelos caramelo remexidos, miava e miava, os olhos enormes. Chiquinho tentou como pôde acalmar o bichano. Nada. Só faltava alguém impaciente sair de uma das casas com um pedaço de pau na mão. O sol, bem forte, se contorcia por entre os galhos desfolhados da árvore. Com cuidado, pegou o gato e o acariciou. Tirou da bolsa um pedaço de rapadura, amoleceu na boca e deu pro filhote.

Acomodou o gato na bolsa, meio aberta pra ventilar.

Agora, Chiquinho pensou, a gente é dois.

Não que fosse grande, mas Riachão da Frente, comparada com o povoado de antes, parecia mais amontoada, mais cheia, bem, bem maior. Duas igrejas, uma matriz inclusive. Feira, mercado, praça principal, rua calçada com pedra.

Podia ser um problema nos ouvidos, mas não parecia ter um zumbido pelas imediações? Algo no pé da orelha. Zumbido sutil, sutil, de maquinário? O menino secou o suor da testa. Podia ser coisa de insolação. Chicote deu uns miados, mas parecia bem.

— Quietinho, Chicote! — disse enquanto lhe dava um pouco de água. — O povo de Zé Barbatão é brabo!

Dois homens do bando de Zé Barbatão abordaram Chiquinho assim que ele entrou na cidade.

— Ô pretinho, o que tu quer?

Eram corpulentos, tinham cicatrizes, e Chiquinho julgou que precisavam de um bom banho. Não usavam as famosas roupas de couro, se vestiam como moradores da cidade. Conduziram o menino pelas ruas de Riachão. Tudo fechado, a não ser casas de comércio, e mesmo essas estavam com meia porta cerrada. Viu corpos acumulados numa esquina, cobertos com pano e flores. Assassinados? Podia ser a Febre. O zumbido continuava. Pensou em perguntar para os cangaceiros, mas teve medo. Mal olhava para eles.

Foi levado a uma das maiores casas da cidade. Na sala principal, descansavam alguns homens, todos armados. Seguiu por um corredor cheio de quartos e vislumbrou mais gente do bando, esses acamados, sendo cuidados por mulheres. Depois de atravessarem a cozinha, chegaram a um amplo quintal, com redes, banquinhos e uma mesa escura de madeira. As flores estavam murchas; a grama, ressecada. Sentado atrás da mesa, Zé Barbatão. Concentrava-se num trabalho de costura de couro.

Ao ouvir seu nome, levantou o semblante feroz e bonito. Zé Barbatão era jovem. Pele parda, rosto ossudo e olhos esverdeados. Usava óculos de grau forte. Chiquinho se lembrou da visita dele uns meses antes. O bando ficou um tempo escondido na propriedade do coronel, e ele e sua mãe trabalharam dia e noite dando assistência. Um fim de tarde, quando o pai estava fora, viu o cangaceiro de conversinha com a mãe. Os corpos quase encostados, rostos um perto do outro. O homem botou uma flor nos cabelos dela! Chiquinho se enfureceu. Apertou os lábios com medo de soltar um grito. Ia contar tudo pro pai! Mas não queria nada de ruim pra mãe. Ouvia umas histórias por aí de marido traído... Não! Aguentou calado, amuado por dias, sem que ela entendesse. Mãe é mãe, ele concluiu. Mãe tem que respeitar de qualquer jeito.

— O que tu quer, menino?

Não conseguiu responder. O homem se levantou e, ameaçador, caminhou na direção do menino. Chiquinho ficou gaguejando até, só Deus sabe como, explicar tudo. Se apresentou, falou do coronel e sacudiu o envelope que trazia na mão. Disse o nome da mãe. A irritação no rosto do cangaceiro passou de imediato. Apertou os olhos, tentando reconhecê-lo. Por fim, sorriu e fez um cafuné na cabeça de Chiquinho, convidando-o a sentar com ele.

— Tu quer uma caninha?

Recusou com veemência; a mãe proibia. Zé Barbatão soltou uma gargalhada e abriu o envelope — sem flor. Seu rosto tomou a feição de uma estátua de madeira. O cangaceiro fechou o envelope e encarou a criança:

— Muito bem. Tu vai merecer um agrado. Almoça aqui. E depois tem muito serviço pra tu fazer.

— Mas tenho que voltar pra...

— *Depois*. Quem manda aqui sou eu. Tu entrou quando eu quis, tu sai quando eu quero.

Foi nessa hora que Chicote se fez ouvir. Zé Barbatão, assustado, perguntou que danado era aquilo. Chiquinho hesitou. Abriu a bolsa e soltou o gatinho em cima da mesa. Chicote andava aos tropeções e não calava a boca. O cangaceiro olhava o gato com ódio. Faz esse bicho parar! Chiquinho se lembrou da mãe, o rosto dela na madrugada falando de anjos. Se alguma coisa acontecesse a Chicote... Ia entendendo, sem entender, que cada coração vive e sangra em mais de uma morada.

Zé Barbatão agarrou o gato e começou a apertá-lo bem na base do pescoço.

— Não, não!

Chiquinho se engasgava de choro. De relance, viu um brilho de prata em cima da mesa — uma faquinha afiada...

Um ronco forte de motor encheu toda Riachão da Frente. Zé Barbatão largou o gato, chamavam seu nome. Misturados ao ronco do motor, gritos pela cidade, exclamações. Chiquinho correu pela casa; os cangaceiros se moviam como um redemoinho — arma de fogo, arma branca, tudo nas mãos. Volante, volante, gritavam.

Passados alguns minutos, nada. E o motor mais forte.

Havia muita gente na rua. As portas das casas foram abertas e, de tão perplexos com o espetáculo, os cangaceiros abandonaram as medidas de segurança e correram pra rua também. Todo mundo olhava para cima. Tinha gente até no alto dos telhados.

Preciso, ruidoso e impassível, o Zepelim cruzava os céus.

Chiquinho e Riachão da Frente nunca tinham visto nada assim extraordinário. O povo rezava, batia palma, apontava, chorava. Era o fim dos tempos? Vinha de outro mundo? Parecia um pássaro a ponto de dar o bote, um pássaro de metal com cauda de luz. O pássaro avançava, e seus movimentos, para Chiquinho, cortavam um véu sem cor. As roupas enfeitadas dos cangaceiros perdem a graça. Os moradores da cidade lhe parecem pequenos, desconsolados. Os contratos das beiras do mundo, todos a ponto de se rasgar.

O Zepelim, em seguida, fez uma correção de movimento. Ao mudar o eixo, a luz do sol, se impondo agora por entre o cortejo servil das nuvens, passou a ser refletida no dorso da aeronave, cegando boa parte da cidade. Zé Barbatão, seus homens e toda a gente tentavam proteger a vista com as mãos.

O Zepelim atravessou a cidade com a força da navalha no rosto.

De longe, ainda era possível ver.

Aproveitando a confusão, Chiquinho correu como nunca. Já distante, olhou para trás. Não mirava a cidade, e sim o céu, onde o Zepelim continuava a flutuar, metamorfoseado em estrela diurna, com poucos poderes.

Da bolsa de couro, ouviu um miado.

— Quieto, Chicote!

Com a faquinha brilhante firme nas mãos, o menino pegou o caminho de volta para casa.

As onças

Na mesa da cozinha, as novas coisas essenciais: o facão manchado, gaze, analgésicos, luvas, metros de corda resistente, linha e agulhas cirúrgicas.

— Vamos, Diana, tá na hora de comprar o remédio do papai.

Não houve resposta.

A mãe de Diana estava na cozinha, iluminada apenas por um abajur. Desde que as portas da cidade tiveram de ser fechadas, a mãe passou a se irritar com a luminosidade. Nisso, contrariava as recomendações dos especialistas. Quem se aventurasse pelas ruas, naquele crepúsculo, encontraria tanto casas quanto lojas com janelas e portas cerradas, mas com todas as lâmpadas acesas. Algumas famílias chegaram ao ponto, talvez exagerado, de ter trocado as lâmpadas usuais por outras mais potentes. A mãe imaginava as pessoas insones, olhos arregalados, esperançosas de que as luzes intensas espantassem a invasão das onças.

— Diana? Diana...?

Perto de uma das portas da cozinha, reforçada com novas trancas recém-instaladas, piscava a luz vermelha do dispositivo de alarme. Algumas das onças eram espertas e conseguiam burlar mesmo isso. Sabia que cada saída era um risco, mas os suprimentos começavam a faltar na casa. Sair significava pensar num plano estratégico e ponderar riscos e fugas. Muitos a julgavam por levar a filha a tiracolo pela cidade. A mãe convenceu a si mesma de que não existia outra opção. Todos sabiam dos boatos recentes de onças dilacerando crianças deixadas sozinhas em casa... Onças abrindo portas. Além disso, Diana, desde criancinha, se revelou uma garota muito esperta. No momento em que mãe e filha colocavam os pés na calçada, Diana passava a vigiar os telhados. Ela conseguia perceber nuances de som e movimento, ou o piscar do brilho da lua nos olhares felinos. O que é uma filha, afinal? Anjinho, arma, continuidade, salvação? Diana apreciava — coração aos pulos — o faz de conta de ser uma caçadora nas esquinas contaminadas.

— Diana!

— Já vou, mamãe! Tô aqui com o papai!

A mãe tocou com cuidado na sua cicatriz recente. Começava pouco abaixo do olho esquerdo e continuava por todo o pescoço. Correu o risco de morrer de tanto sangrar, o golpe por pouco não lhe cegou um dos olhos. Lembrou, com um meio-sorriso, de Diana perguntando se o papai doente tinha voltado de vez pra casa.

— Não, filha, a gente só pegou o papai emprestado.

Ela não enxergava qualquer nobreza na decisão de abrigá-lo. Na verdade, depois de *tudo*, a mãe se permitia poucas coisas. A casa, a filha, o ex-marido doente. Isso dilatava os dias. A noite, a tarde e a manhã, nada mais lhe contavam. Seu coração era um fóssil. Respirar, respirar, caminhar, comer, defecar — proteger a cria a qualquer custo! E proteger significava, em primeiro lugar, não morrer nem ser devorada.

Geladeira: caixa de leite, garrafas de água, um pouco de queijo, presunto, algumas verduras, iogurtes coloridos para Diana. A casa, antiga, de passado próspero, era grande o suficiente para ter uma ampla despensa — pacotes de arroz, feijão, macarrão, doces e salgadinhos. Caminhou em um passo silencioso e escuro. Seu repúdio às fortes luzes a fez distribuir pela casa abajures e castiçais com velas. Inspecionou as janelas — tábuas de madeira e pregos grossos de ferro —, inspecionou as duas salas. Havia, diziam, cuidados domésticos específicos a serem tomados que podiam afugentar as onças. Todo dia, enquanto Diana brincava sozinha no quarto ou via TV, a mãe iniciava uma procissão doméstica, reforçando travas, tábuas, testando os alarmes, aspergindo nas portas, nas janelas, no quintal, sprays aromáticos e produtos de limpeza cujo odor e propriedades químicas, assim esperava, causavam aversão às onças.

Subiu as escadas. O corredor dos quartos, no segundo andar, estava escuro, exceto pela lanterna de Diana. Sentada no chão, a menina, com seu vestido branco e sandálias nos pés, segurava um livro e o lia em voz alta. Volta e meia, interrompia a leitura e encarava a porta fechada do quarto diante do qual se postava. A garota não deu sinais de ter notado a aproximação da mãe. A luz da lanterna criava uma concha de luminosidade ao redor da menina. As trevas rodopiavam e se curvavam em volta de um minúsculo castelo prateado. A mãe se via, numa manhã, brincando no quintal. A lembrança era tão antiga, mas tão antiga, que podia ser inventada. Talvez tivesse sonhado e feito, sem querer, a costura do sonho com a vida vivida.

Aquela casa pertencia à sua família há gerações; ali nascera, ali consolidara herança e semente. Criancinha, a mãe observava o quintal. Parecia enorme! De repente, se percebeu sozinha. Deu os primeiros passinhos. Olhou para trás — ninguém. Nem pai, nem mãe, nem a babá e as empregadas, nem a avó. Amava correr, mas tinha medo — o quintal terminava muito muito pra frente, terminava em mistério. Andou mais um pouco, encolheu o passo. Olhou para trás outra vez. Não estava mais sozinha. Uma figura feminina, de face impossível de enxergar, dizia, num tom de voz grave, voz raspada com esfregões intensos de uma esponja metálica:

"Vai, vai, corre menina."

Torceu para que as tábuas do corredor não rangessem.

Via Diana como feita de um vidro delicado.

Sua filha andava com extremos de irritação, ou de choro. Tiveram que voltar a dormir juntas na mesma cama. Houve momentos de febre, também. Diana delirava sobre onças, monstros. E morte. Mesmo naquela condição, a volta do pai, precisava admitir, teve um efeito bom na criança. Ela passou até a se alimentar melhor.

Dane-se qualquer orgulho — se for melhor que ele fique, que fique!

— Diana... — sussurrou. — Filha...?

"Psiu!"

Terminava a sua história:

— ... e a princesa, depois de jogar o sapo na parede, eca!, viu que ele, papai, se transformou num *lindo* príncipe! E aí se casaram e viveram felizes pra sempre!

Diana fechou, satisfeita, o livro, se ergueu do chão e deu um beijo na porta.

— Tchau, papai! A gente vai comprar seu remedinho.

A porta estava trancada por fora. De maneira discreta e submissa, o pai se fez ouvir.

Com alguma força, a mãe pegou no braço da filha e a puxou dali.

O ar, ou a luminosidade, ou não sabemos se certa dança-jogo entre luz e sombras, enfim, algo na paisagem da rua emanava aquela desconfortável, porém sutil, eletricidade — a certeza do quanto, sobre nossas cabeças, paira uma ameaça.

A mãe podia, sim, sentir aquilo na pele.

Fazia alguns dias que não colocavam os pés para fora de casa. É como se a cidade sequer existisse até a entrada em cena de Diana e sua mãe. A rua, a cidade e suas onças invasoras eram esse livro que se abre e do qual depois se esquece. A mãe sempre gostava de monitorar as reações iniciais da filha. A menina primeiro se punha alerta, à procura de qualquer vestígio, na rua, de uma onça. Depois, relaxava. Por fim, um reconhecimento triste — havia uma rua, ela era real? — atravessava o rosto da filha.

Moravam em uma cidade pequena e turística, famosa pelos quarteirões preservados do seu bairro histórico. A mãe nasceu, se criou e agora tinha medo de ser devorada ali. Os únicos anos em que ficou afastada da cidade e da casa foram os seus tempos de faculdade de medicina. Sua família ainda tinha posses, embora não mais como nas glórias passadas de galpões e comércios de tecidos e roupas. A rua estava morna e quieta. Era razoavelmente larga e pavimentada com pedras irregulares. A mãe sempre amou a pavimentação da sua rua. Nesses novos tempos, isso era um problema — não seria fácil correr naquele chão. A casa de Diana e sua mãe fazia parte do casario colonial do bairro, quase todo preservado por empresários ou famílias endinheiradas.

Antes das onças, as calçadas de ambos os lados da rua estariam ocupadas com mesinhas e cadeiras; pessoas de todas as idades bebendo, conversando, fumando, flertando; frequentadores e turistas dos vários bares e restaurantes dali, de cores e aromas deliciosos que cortam a madrugada.

Artistas de rua fariam malabarismos e apresentações musicais; artesãos, de origem indígena ou local, colocariam seus tapetes no chão e venderiam sua arte e seus penduricalhos; os pedintes também por ali passariam e estenderiam suas mãos negras e pardas em busca de trocados dos visitantes e moradores, quase todos brancos. Pediriam com medo, pediriam às escondidas. Porque todos sabiam — a mãe de Diana fechava olhos e ouvidos a essas histórias terríveis — dos grupos de milícias que tinham por hábito fazer, periodicamente, sua limpezinha.

Mas e agora? Nada.

Nada, ninguém.

Nada.

Só o morno — em suspensão.

Melhor não chamar a atenção delas. A mãe sabia, contudo, que, quando as onças decidem pegar você, não adianta correr. Ao longo da caminhada pela rua, as duas teriam de passar por três esquinas antes de chegar numa das duas praças principais do bairro, onde ainda funcionavam serviços essenciais como farmácias, delegacia e um mercado. Usavam tênis de corrida, cujas solas as duas recobriram com tecido acolchoado. Mais uma vez, elas notavam que continuava o contraste estranho que tanto chamou atenção de Diana nas primeiras saídas. Olha, mãe, olha que engraçado, ela dizia, apontando algumas das casas com os dedos. Porque a fraqueza do crepúsculo, somada em seguida com a noite recém-chegada, era o espelho invertido das casas que irradiavam aquela intensidade das lâmpadas acesas. Portas e janelas fechadas com tábuas e trancas de metal; por entre as frestas, entretanto, das janelas e das portas, luz pulsando, a luz acolhendo as presas insones.

Alguns postes funcionavam; outros, não. Na frente de várias das casas e estabelecimentos, aglomeração de lixo, sacos plásticos em frêmito intermitente.

Diana fez um gesto assustado, para chamar a atenção da mãe.

Movimento.

As duas se puseram em alerta.

Diana apertou o braço da mãe.

O facão, firme no punho. Aparece! Aparece, bicho de merda.

Mas o bicho também pode ser humano. Havia relatos de milicianos assaltando casas, ou cobrando aluguel de proteção, ou rondando e estuprando algumas mulheres nas ruas. A bandidagem comum também podia aparecer. Por outro lado, o rádio e as mensagens dos celulares garantiam que tudo estava sob controle. Sem dúvida, tanques patrulhavam as ruas. Soldados armados e protegidos com coletes, máscaras e capacetes podiam ser vistos, embora não com a frequência necessária. Aquilo até lembrava a sua adolescência no início dos anos 80, quando fumava maconha escondida na casa dos colegas de movimento estudantil e frequentava um bar, perto dali, que tocava vinis subversivos, e volta e meia sofria batidas dos militares. Bastava dobrar a esquina, depois entrar numa viela mais à frente. O bar ficava por ali. Tempos depois, foi incendiado. Depois, virou uma loja de eletrônicos. Por fim, uma igreja, cujo pastor fundador, ela tinha lido pouco antes de as onças chegarem, quando ainda circulavam jornais e revistas, usava tornozeleira eletrônica.

À direita, dobrando a esquina... Todos os postes apagados — somente duas casas fulguravam por entre as frestas.

Movimentos, algo corpulento. Sim, algo ali.

— Mãe...?

— Psiu. Quieta.

Diana tinha talentos e alma de artista. De início, a mãe quis reprimi-la, em especial por pressão do pai, quando ainda casados. Um dos desenhos mais bonitos de Diana consistia numas formas em movimento, os tons de cores combinando o azul-marinho, um tom de chumbo inventado pela menina e um tom de negro (quando Diana pincelava o negro, ela era delicada e se tornava, aos olhos da mãe, uma transfiguração de fada). Os movimentos do desenho sugeriam os corpos das onças, que aos olhos de Diana reencarnavam nas folhas grossas de papel como seres híbridos de movimento e fumaça. O que estava na escuridão da esquina, se movendo, respirando e à espreita, era isso que Diana desenha e transfigurava.

As instruções de segurança foram seguidas. A mãe ergueu os braços, fez movimentos bruscos, bufou; sacudiu a lâmina acima de sua cabeça; deu pequenos saltos. Quem a observasse de longe (e havia olhares à espreita nas janelas das casas) poderia compará-la a uma marionete. Diana também contribuía: gritava e piscava sua lanterna, enquanto a balançava aleatoriamente. Trancadas em casa, as duas escutavam, de vez em quando, à distância, o barulho agora feito por elas.

Funcionou. Coincidência?

Ninguém compreende direito aquelas onças. Já se sabe de onde vêm, e quando. Mas o que querem, além de ocupar, devorar e se reproduzir?

Não são onças comuns, de forma alguma. Sua presença se espalha pelas cidades do país e ameaça contaminar outros países também. Demonstram inteligência e brutalidade sem precedentes; por outro lado, têm fobias e hábitos de comportamento não observados em nenhuma espécie de felino conhecida.

Sim, a mãe respirou aliviada, acho que funcionou. E nas trevas? O morno, outra vez.

Prosseguiram.

No quarteirão seguinte, *aquela* casa. Ainda abandonada. Por mais urgente que a caminhada fosse, tanto Diana quanto a mãe sempre lançavam, mesmo que breve, um olhar na sua direção. Para Diana, a casa lembrava os castelos malignos dos seus gibis e desenhos animados; a casa, para a mãe, puxava o tapete da vida adulta, revelando um alçapão sempre aberto. Nem era uma memória feliz. Não era, também, algo que considerasse um trauma, ou um momento marcante. A casa apenas vinha.

A casa do vampiro.

Assim ela e as amiguinhas e os amiguinhos a chamavam. Uma das diversões consistia em jogar pedras nas janelas e correr a toda a velocidade. Também corriam quando o sr. Khalil, o dono da casa, se aproximava. As próprias famílias, bem discretamente, aconselhavam os filhos a evitar contato com o libanês. Khalil era dono de um comércio no bairro histórico e de dois restaurantes de comida barata nos bairros vizinhos. Às vezes falava uma língua diferente, que não podia ser coisa de gente. E, todos comentavam aos sussurros, *não era cristão*. Casou-se e teve duas filhas, que herdaram a casa. Desde a epidemia das onças, elas, porém, tinham sumido do mapa. Fugiram? Assassinadas, sequestradas, devoradas? A mãe só sabia que a casa tinha sido, de repente, abandonada. Agora lembrava uma casca, uma carapaça, algo que os insetos largam e esquecem para sempre.

No quarteirão seguinte, Diana soltou um grito.

— Diana...!

A mãe tapou o rosto da criança, cujo braço esquerdo não parava de apontar, com gestos frenéticos, alguma coisa numa das calçadas.

Havia uma massa de carne e ossos no chão.

A visão era horrenda, mas de um horror morto-vivo. Enquanto Diana se abraçava à sua cintura e enfiava a cara no seu estômago — Diana tremia, acuada, passarinho de cristal —, a mãe quase admirava a morte. O cachorro — aquilo tinha sido um cachorro — jazia dilacerado. Havia sangue espalhado por todo lado, sangue fresco. A massa não era o horror rastejante do que apodrece, dos vermes agitados; mantinha um frescor do brilho, na carne, nos fluidos, nos ossos, da energia vital recém-abandonada. Horas, ou minutos antes, o cachorro corria e vivia pelas ruas do bairro. Ele fora algo projetado pela natureza, ele fora uma vontade.

Naquela calçada, só havia caos. Camas desarrumadas vieram à mente da mãe. Quartos destruídos por tempestades interiores, tempestades domésticas em miniatura.

Isso era muito bom, a mãe concluiu. Alguém jantou e está letárgico, de barriga cheia.

— Vamos, Diana.

A criança não conseguia se mexer. Continuava agarrada, os braços de ferro em sua cintura. A mãe observou os arredores. Não se deve ficar muito tempo parada, porque nem todas as onças comem na mesma hora.

— Só hoje vou te dar uns chocolates, tá? E se tiver uns gibis a gente compra também.

Infelizmente, a rua não queria poupá-las. Porque logo adiante, entre o fim da rua e a praça, um carro, ainda ligado, tinha sido abandonado. Os faróis continuavam acesos, iluminando, sobre as pedras da rua, um braço sem corpo.

Merda...

A mãe redobrou o sinal de alerta. Devia passar correndo, mas precisava verificar. E se alguém pedisse ajuda? Tinha abandonado a prática médica pouco antes do divórcio, mas ainda conseguiria prestar primeiros socorros. Diana estava agitada, a ponto de perder o controle. Com gestos rápidos, a mãe retirou gaze da mochila e com ela envolveu os olhos da menina.

— Filha... filha! Calma. Mamãe vai ver se precisa ajudar essas pessoas.

No interior do veículo, um desastre. Rasgões nos bancos, sangue, as vísceras. Duas crianças. A mãe se curvou de dor ao entendê-las, ali, aos pedaços. A luz da sua lâmpada, à medida que examinava o interior do veículo, parecia fatiar os corpos mais uma vez. Não havia como nada estar vivo dentro do carro. Meu Deus, meu Deus.

Então uma cabeça se moveu. Por pouco a mãe não gritou. O passageiro? Não, motorista.

— Senhor...? Tudo bem...?

Aos poucos, se aproximou dele. Quando jogou a luz, porém, sobre a cabeça pendente do motorista, sua boca se abriu e de dentro deslizou uma viscosa centopeia negra. Alguns insetos, possivelmente moscas, marcavam presença ao redor de tudo.

Com um quase urro, a mãe desmoronou. Ajoelhou-se no chão, em choque — a lâmpada que segurava despencou e girou algumas vezes, piscando na rua vazia até se apagar. Diana, sem arrancar as gazes, tateou o ar até achá-la. Ao tocar no rosto da mãe, seus dedos se umedeceram.

— Vai passar, mamãe. A gente vai passar.

E passaram.

Voltavam para casa em ritmo de marcha vigorosa.

Remédio do papai comprado, alguns suprimentos, gibis baratos na frente da farmácia. Tiveram a sorte de unir forças com uma família vizinha, que reencontraram no supermercado. Não se falavam, o grupo todo mantinha os olhos na rua e nas esquinas.

Foi na esquina de suas casas que depararam com a onça. Enorme, uma das maiores que a mãe já tinha visto. O animal se deitava, aquela pose plena dos gatos, no meio da rua. O grupo murmurou; alguns quiseram fugir, outros tentavam criar coragem para uma batalha. A mãe pediu silêncio.

Havia algo errado. Algo muito, muito errado com aquele animal.

— Tão ouvindo...?

A onça gemia de dor. Ela se contorcia, lambendo partes específicas do corpo constantemente. O grupo chegou a recuar, calculando a melhor reação para sobreviver. Mas a onça não mudou seu comportamento. Olhou o grupo com desinteresse e continuou a se lamentar. Após rápida deliberação, continuaram pela calçada mais distante da onça. Compactos, justapostos, os integrantes do grupo se enfileiraram e deslizaram pela rua num movimento semelhante ao da tinta que sai de uma bisnaga apertada com força.

A mãe, de relance, acreditou ter reconhecido, descansando entre as gigantescas patas da onça, um naco de roupa usada por alguma das vítimas do carro abandonado. Um delírio de morte e sede de sangue agitou o estômago da mulher — o grupo, Diana em especial, contemplava aterrorizado a mãe e a onça, uma cada vez mais perto da outra, se encararem fixamente. A onça não reagiu para se defender — se virou de barriga pra cima, recolheu as patas e ofereceu, gemendo, o pescoço.

A lâmina subiu, mas não desceu, porque Diana agarrava a mãe e gritava:

— Mãe! Mãe?! Mãe...?! Por favor, não não não não!

Todo o corpo do felino se reduzia a espasmos de dor.

A mãe se sentiu resgatada de um pesadelo. Teve vergonha de olhar diretamente para a filha, cuja face estava pálida. Desarmou da posição de ataque e voltou sua atenção para a onça. Ela, e era uma onça-ela, tinha uma pelagem, um dourado com manchas escuras irregulares, que lhe parecia tão macia e bela… Conteve um gesto, quase automático, de acariciá-la. Os lamentos de dor da onça se intercalavam a um rom-rom semelhante ao de qualquer gatinho doméstico; o rom-rom, embora a onça estivesse ferida, tinha profundidade e potência. Além disso, calor emanava da onça. Um cheiro de vida misturado ao odor forte do sangue.

A mãe conseguia observar melhor as feridas do que supôs ter sido uma briga. Vamos embora daqui, vamos, vamos, alguém dizia; ou a voz vinha do seu instinto, da percepção do risco. No entanto, tinha volta? Diana, chorosa, sentia muita pena da onça. Naquele coração de criança havia espaço, também, para uma segunda piedade? Uma piedade na decepção, carimbada com o nome e o rosto da sua mãe? É que a onça tinha se tornado incontornável. Se houvesse um ataque, se a onça despertasse numa fúria, ou num reflexo de defesa por não entender direito as duas fêmeas humanas, haveria pouca esperança para mãe e filha; elas, claro, tentariam se defender, fugir, matar, sobreviver; porém não, a onça não era incontornável por isso. Não é que a mãe e Diana se posicionassem para um suicídio-sacrifício no topo de uma montanha. A dor, a ansiedade e o medo escorriam de tal forma através do corpo das três fêmeas que um laço invisível as comprometia num enredo novo, um enredo tecido numa língua desconhecida, porém profunda.

Com raiva de si mesma, sob a orgulhosa supervisão de Diana, a mãe cuidou da onça. O animal compreendia os cuidados. Não as ameaçou em nenhum momento, permitindo a aplicação dos anestésicos, antibióticos e pontos nos rasgões. Terminado o tratamento, a onça chegou a dar um salto, assustando suas cuidadoras. Nada aconteceu. Apenas se arrastou pela rua ronronando e, antes de desaparecer na noite, olhou uma vez para trás.

Em casa, a mãe beijou Diana várias vezes e a abraçou. Bagunçou os cabelos cacheados da menina — iguais aos da avó materna — e limpou o rosto dela. Na cozinha, as compras se esparramavam pela mesa. Uma cadeira a convidava. A mãe sabia que, se sentasse ali, desmaiaria de cansaço. Melhor arrumar tudo antes.

Após guardarem as coisas, seguiram até o corredor.

— Está com a chave, mamãe? Posso abrir, posso?

— Você sabe que só eu consigo abrir a porta, filha — mentiu.

Pegou a chave — pesada, comprida, com um ornamento em forma de coração na extremidade —, a enfiou no trinco e, bem devagar, destrancou e abriu a porta.

A própria Diana jogou o remédio na entrada do quarto — meio quilo, parcialmente desembrulhado, de carne crua e sangrenta. Na escuridão domesticada do quarto, os olhos felinos surgiram. Brilhantes e famintos.

Lázaro

— Sim, pode vir pegar: o corpo da sua avó acordou. — Disse, pelo telefone, o funcionário do IML.

Os protocolos sanitários impediam os parentes de esperar no próprio IML. Olga precisava ligar a cada duas horas e torcer pela confirmação. Sua mãe e seus tios e tias decidiram não ir. Todo mundo tinha algum diabetes, problema respiratório, uma operação de retirada de câncer, hipertensão, mas o motivo principal, sem dúvida, era a própria avó, tão amada pelas netas e tão distante dos seus próprios filhos.

— Tu é a neta primogênita. Tu vai pegar ela — mainha lhe falou, os olhos avermelhados.

A ordem foi recebida com contrariedade. Carregar a família assim nas costas... Ensaiou uma briga, porém estava cansada. Também teve pena da mãe. Olga até se sentiu poderosa: heroica, adulta, prestigiada.

No IML, duas aglomerações a irritaram de imediato: a imprensa e os militares. Os dois grupos estavam plantados na frente do prédio. Havia vans, carros, sirenes. Um helicóptero circundava a região. Entre os jornalistas e os soldados, como Moisés dividindo o mar Vermelho, três homens, três homens cinzentos e exaustos, a esperavam. Usavam jalecos do SUS. Só um a cumprimentou, à distância.

— A senhorita é a neta de Maria Lutz?
— Sim.

O médico — depois descobriu se tratar de um médico — a

olhava com veneração. Ele explicou alguns termos e protocolos, falou da coleta obrigatória de sangue da família; falou em DNA, segurança nacional, falou de "momentos extraordinários". Era um progresso: sua avó tinha sido promovida, em poucos minutos, de uma bagagem a ser retirada, de um estorvo para os funcionários do IML, de um Big Mac Zumbi, a Maria Lutz, O Milagre. Por fim, após o médico terminar seu monólogo, Olga notou os olhares desconfiados, francamente hostis, dos militares em sua direção.

Dentro do IML, Olga foi trancada com os três médicos e meia dúzia de militares em uma pequena sala abafada, mofada, cheia de cadeiras e mesas antigas. O médico perguntou sua profissão. Respondeu: jornalista. Todos os homens — Olga era a única mulher na sala — se entreolharam.

Onde trabalho? Faço assessoria de imprensa e cuido de mídias digitais, respondeu. Tenho uma pequena empresa, mentiu. "Empresa" os deixou mais relaxados. O médico pigarreou e falou de respostas imunes à covid-19. Falou de processos inflamatórios, inflamassomas, falou de células NK, macrófagos, linfócitos T e citocinas.

A sua avó faleceu provavelmente em decorrência de uma tempestade de citocinas, ele continuou, uma reação imunológica exagerada ao patógeno, ou seja, ao vírus da covid, no organismo dela. As citocinas são essas moléculas que sinalizam para várias das nossas células uma resposta imunológica para o patógeno. No entanto, às vezes a resposta é exagerada e o corpo recruta, digamos assim, "recruta" (o médico pareceu apreciar a sua própria metáfora), um batalhão excessivo de células de defesa. Células descontroladas!, disse, buscando apoio nos olhares dos seus colegas, gerando ciclos de hiperinflamação!

Enquanto ele falava, Olga se assustava com a visão de um corpo inimigo de si mesmo, de uma revolução histérica de nossas células destruindo tudo que encontrassem pelo meio do caminho. Cortar o mal na carne, literalmente. Uma dança do caos, microcósmica, encerrada somente quando o último sopro apagasse a luz.

— Vovó tá sozinha?

— Hein?

— Vovó. Ela tá sozinha?

Os homens viraram citocinas agitadas. Murmuraram. Um deles — fardado — pediu licença e saiu da sala.

— A senhorita sabe como funciona o nosso sistema imunológico?

A explicação continuou e Olga só reteve os termos "imunidade inata" e "sistema imunitário adaptativo"; foi "senhorita" o que chamou sua atenção, porque de repente Olga percebeu a idade do médico. O cansaço daquele homem, a ansiedade... Ao seu modo, ele tentava agradar, demonstrar competência. Também ele era um pai para filhas e filhos? Também era um vovô para alguma netinha? Ele se imaginava vivendo algo semelhante ao que acontecia com vovó, dormir a noite profunda e de repente voltar? Olga apreciava os solitários, praticamente os colecionava.

— ... e aí a sua avó, a dona Maria, deu um *salto*. — Ele também gostou de ter encontrado essa palavra, até fez uma pausa dramática. — Não sabemos explicar ainda, mas já conseguimos, logo após a paciente vir a óbito, identificar marcas que podem levar a esse novo, digamos, "quadro clínico". Supomos que haja uma correlação de fatores... genéticos, com certeza, bem como de mutação, é quase certo que se trata de uma nova cepa, agressiva, porém, porém... uma nova cepa do vírus. E talvez, essa é uma hipótese minha, haja também uma correlação com a memória celular do corpo por ter sido infectado, no passado, por outros HCoVs... O salto acontece quando o sistema imunológico contribui para o reinício da atividade vital do corpo, fazendo que haja uma inesperada cadeia, parcial, parcial, de processos de *regeneração celular*. E falei "vir a óbito", mas mesmo nisso não há consenso, não sabemos se os pacientes faleceram de fato, nem como, supondo a hipótese do falecimento ser correta, o corpo se reativa...

— Em quanto tempo o corpo "reativa"?

— Como...? Ah, minutos, ou no máximo poucas horas depois.

— Então vovó já foi trazida do hospital para cá, pra esse lugar, "reativada"?

Ele não respondeu. Tentou segurar as mãos de Olga. Ela o repeliu.

— O que está acontecendo com pessoas como a sua avó, esse salto, é um milagre, então...

— Doutor?

— Pois não.

— Vovó tá viva? Ela ressuscitou? Foi isso? O que aconteceu com ela?

Ele procurava as melhores palavras. Não só precisas, mas as delicadas. Olga quase pediu desculpas, porque apreciava o esforço do médico em se fazer entender. Ao mesmo tempo, cada minuto em sua presença aumentava o asco. Não só dele, mas dos seus companheiros, da sala, do IML, da... da imaginação do que seria o corpo — mas ela não era mais um corpo — da sua avó. Tudo que Olga queria era descoisificar a avó, largar as tais citocinas para trás. Começou a chorar.

— Estamos, por precaução, usando o termo "pós-vida". Mas sim, sua avó é mais uma lázaro, sem dúvida.

* * *

O barulho do interruptor pressionado repetidas vezes a incomodou.

O médico e seus companheiros tinham conduzido Olga, com solenidade, a uma sala vazia e habitada. A pouca iluminação vinha tanto de uma única lâmpada acesa no teto — as outras se recusavam a despertar — quanto da luz externa dos postes, que atravessava o vidro opaco das janelas, quase coladas ao teto. Olga notou várias camas-mesas metálicas, com chuveirinho e suporte para os crânios. Registrou, também, o que supôs serem geladeiras. O cheiro do local era hospitalar. Mas com um desvio na assepsia — um miasma adocicado, levemente podre.

Os mortos, deitados nas camas metálicas, esperavam pelos vivos. Capas os cobriam.

A avó também esperava. Envolvida por um plástico grosso, que cobria sua cabeça e descia até o chão como um véu, ela se sentava na mesa. A luz do teto, próxima, pincelava uma aura; manchas ameboides, luminosas, se refletiam sobre o plástico retorcido.

Olga quase foi empurrada pelos homens. Eles se acotovelavam na entrada da sala e nada os tiraria dali. A neta atravessou a sala escura sozinha, ouvindo seus próprios passos ecoarem; atravessou com medo e alegria. Que se danem os leucócitos, isso tudo; a vida, quando existe vida, é sempre um final feliz, aí está vovó pra não me fazer mentir!

— Vovó, vovó...?

A neta se lembrou das brincadeiras, mas também dos sermões. Sua avó era rigorosa e tinha certezas firmes sobre o bem e o mal, o justo e o injusto. Tinha feito uma brilhante carreira como juíza federal. Dona Maria Lutz seguira a carreira do pai, também juiz. O retrato dele, pintado a óleo, há décadas na sala da casa da avó, apavorava gerações. O seu coração, menina, a sua avó lhe dizia o tempo todo, sempre fala mais forte, você é muito coração! Olga tropeçou em uma das camas — uma das poucas vazias — e derrubou algo (o som foi estridente, estilhaçante, e demorou a se dissipar). Alguns homens à porta soltaram gritinhos de susto. Maria Lutz virou o rosto; o plástico fez barulho ao se dobrar com o movimento.

Olga sentiu horror, tontura. Enfiou um punho fechado na boca, não queria a vergonha do grito. A *face*. Como eu vou dar conta dessa *coisa*? Maria Lutz vivia, era inegável.

E também estava morta?

Ao abrir a porta, Olga sentiu o forte cheiro das flores.

Pelos janelões da sala ampla, chegavam o pisca-pisca das viaturas, dos veículos da imprensa e o burburinho de um monte de gente, todos aglomerados, com máscaras ou sem, na frente do edifício. Por trás das luzes e da barulheira, o ritmo da praia. As ondas lá fora estavam agitadas, barulhentas; o vento sacudia as janelas. O dia amanhecia, já. Coroas de flores, do velório cancelado, dividiam o espaço da sala com a família: "Saudades" "Amor eterno" "Meus sentimentos" "Já vai, mas tão cedo". Cheiro de comida: a mãe e suas tias tinham preparado o prato favorito de vovó, filé à parmigiana com macarrão, mas ela não o comeria. Ela nunca mais comeria nada, assim como as outras e os outros lázaros.

Maria Lutz desfilou pela sala, os passos de bebê, usando uma bata de hospital. Filhos, filhas, netas e as três bisnetinhas a olhavam sem saber como reagir, como entender o que sentiam. A lázaro se movia por todos os lados, mas sem se deter num móvel ou numa pessoa em específico. Olga arrastou uma cadeira para que ela se sentasse no centro da sala. Fez questão de não tocar na avó. Sentada, vovó nada disse. Ninguém tinha coragem de iniciar o primeiro contato. Olga se sentou mais afastada de todo mundo, em uma das mesas. Massageava o próprio rosto, exausta.

— Mas vovó não tava morta, mainha? — uma das bisnetas perguntou.

Um milagre, Jesus Amado, o coro de vozes passou um tempo falando coisas assim. E aí começou a primeira briga. Todo mundo concordava que precisavam agradecer a Deus. Mas agradecer como? Aquele era um milagre católico? Protestante? Espírita? Havia as três religiões na família. O bate-boca foi intenso (os crentes da família falavam o tempo todo em evitar o Demônio) e Olga se controlava para não gritar com todo mundo. Não suportava encarar a avó; mesmo assim, era incapaz de tirar os olhos dela. Vão querer que eu more com *isso*, pensou. Você não é casada, não tem filhos, fica pra lá e pra cá na vida. Toma o pacote agora: acho é pouco!

Quando os ânimos se acalmaram, a mãe de Olga sugeriu a diplomacia do pai-nosso. Repetiram a prece duas vezes e de mãos dadas. Vovó não pareceu se importar. Em seguida, alegria, abertura de champanhes, brindes. Viva, ela estava viva. A criançada corria. Algumas pessoas falavam pelo celular com a imprensa. Milagre, bênção. Na TV, as hipóteses científicas. Mas também hipóteses espirituais, ecos do apocalipse. Os filhos venciam a repulsa, beijavam e abraçavam a mãe, o que dificilmente faziam quando ela vivia. Não tinham por hábito tocá-la, declarar, para ela e uns para os outros, o que sentiam. Vovó não gostava, vovó não se permitia.

— E esse apartamento?

Talvez a gente devesse pensar em algum lugar, um dos tios sugeriu, algo adequado à condição. Lugar? Como assim?

Mas todo mundo sabia do que se tratava: famílias deixavam os seus lázaros em abrigos construídos às pressas pelo governo, a maioria deles perto de cemitérios. Algumas famílias os abandonavam na rua, ou tentavam vendê-los. Desovavam os ressuscitados por diversos motivos, sobretudo porque não tinham condições de mantê-los em casa. Lázaros não comiam, mas precisavam se hidratar, precisavam de vitaminas, sais minerais, de cremes para suas peles mornas e de colírios para os olhos murchos. Precisavam ser acompanhados, vigiados, conduzidos. O apartamento era muito bom, bem valorizado, móveis bonitos e caros. Uma vista linda da praia. Os tios e tias falavam de dívidas, de sonhos. Alguns tinham sido demitidos na pandemia e queriam montar seu próprio negócio. Ter patrão? Nunca mais! Os empreendedores da família lembravam que havia dinheiro guardado, dinheiro que ela *sempre* lhes negou. Ela acumulava e acumulava, economizando cada centavo, exceto para a educação e os mimos das netinhas e bisnetas. Guardo mágoas, Olga ouviu. Quero liberdade, outra pessoa bufou. Cotovelo na mesa, Olga ouvia tudo com a cabeça apoiada em uma das mãos. Sabia, por amigos jornalistas, de histórias terríveis dos abrigos governamentais.

— Pois eu digo que mainha fica aqui! Na *casa dela*! — disse a mãe de Olga.

A neta se perguntava se essa era mesmo a melhor solução. Como viveriam na presença daquele silêncio e dos olhos de peixe morto? Quando a avó estava internada, sem poder receber visitas, e assim que soube do falecimento, Olga lamentou os tantos assuntos que ainda tinha para conversar com ela. As duas eram as maiores leitoras da família e viviam compartilhando impressões sobre romances, poemas. Olga gostava de ouvir as histórias do passado e ria com os julgamentos severos de Maria Lutz sobre a "pu-si-la-ni-mi-da-de" de seus filhos. A esperança de voltarem a conversar tinha durado pouco. Sua avó se transformara num diamante sombrio. Cerrado, denso, opaco. Para sempre cravado nos seus dias.

— O problema é que a gente não sabe quando mainha, quando ela...

A sala silenciou. Ninguém quis completar a frase. A palavra que faltava ser dita tinha ganhado um novo medo.

Daí, uma risada foi ouvida. Os adultos ficaram arrepiados. *Ela*, a retornada, a pós-viva, a lázaro, gargalhava. Um som gutural, áspero. As bisnetas, de saco cheio das brigas, estavam falando animadas com vovó e a maquiavam.

— Olha, vovó, olha como a senhora tá bonita!

Na garagem do prédio, demorou para ligar o carro. Passou um bom tempo apertando o volante. Imaginava os parentes ainda discutindo ou tentando conversar com a avó. Tentariam fazer perguntas a ela; apontariam o dedo; lavariam a roupa suja, jogando na cara da não morta verdades, aquelas mesmas que eles nunca tiveram coragem de dizer. Olga queria chamar todo mundo, até a sua mãe, de hipócritas — mas e quanto a mim? Eu, que tenho *nojo* dela?

No rádio, as pautas giravam principalmente sobre os lázaros. Uma reportagem abordava a polêmica dos remédios que, sem comprovação científica, diziam prevenir as "ressurreições da covid-19".

— Eu quero morrer e pronto — disse um entrevistado. — Tá louco, ficar na sala de espera do Céu?

Olga se lembrou das clínicas que prometiam desviver os lázaros. Existiam grupos, em especial religiosos, que organizavam protestos contra esses lugares. A família tinha direito a escolher abrir mão da pós-vida? O que os lázaros escolheriam, se pudessem? Por outro lado, os abrigos ficavam mais lotados; as ruas e estradas, cheias de corpos caminhando sem rumo. Os vivos e até os cadáveres tinham direitos, mas e os lázaros? A pauta seguinte já era anunciada pelo programa: "Meu pai ressuscitou. Como fica o inventário dos bens? Daqui a pouco conversamos com um especialista, o doutor…".

Chega de notícias. Colocou uma música e vagou através do bairro amanhecido. Rodou por quarteirões de prédios altos, restaurantes caros, lojas chiques. Havia poucas pessoas e carros. Voltou para a avenida da praia. Estacionaria na esquina do prédio da avó, botaria o pé na areia, aproveitaria o sol e contemplaria o mar. Sairia assim que começasse a aparecer muita gente.

Mas o que viu ali, perto de um dos semáforos do calçadão da praia?

Eram três sombras lamentáveis, nem vivas nem mortas, trajando farrapos. Vagavam juntas pela avenida, embora fossem, é provável, indiferentes ao sol, ao vento, indiferentes à cura praieira. Duas lázaros e um lázaro — e o grupo fora cercado por três homens sem máscara. Eles usavam boné, camisas caras. Tinham barbinhas, tatuagens. Olga supôs que a trupe voltava de uma festa clandestina. Tinham no máximo vinte anos de idade. Xingavam os lázaros, os empurravam, puxavam seus braços, seus cabelos, davam tapas neles. Em troca, nenhuma demonstração de dor nem tentativa de autodefesa.

Olga freou o carro bruscamente, quase subindo no calçadão, e começou a buzinar.

— Deixa eles em paz! — gritou, após abaixar o vidro.

Eles riram.

Riam como se Olga fosse um poodle rosado, burro e saltitante.

— Vai embora, sua putinha.

Saiu do carro para bater boca com eles. Não havia ninguém na praia nem no calçadão. Os poucos carros que passavam percorriam a avenida em alta velocidade, aproveitando os semáforos desativados.

Olga não demorou a perceber que os três estavam doidões. O grupo de lázaros não continuou sua caminhada. Observavam os vivos brigarem. Acompanhavam, discretos, os movimentos dos quatro jovens. Olga continuou a xingá-los. Vão se foder. Playboyzinhos. Paus moles, tabacudos da mamãe.

De repente, começou um empurra-empurra e Olga recebeu um soco no estômago. Ela se encolheu: a dor absurda e a falta de ar. E os caras voltaram a rir.

O sol bateu em seu rosto assim que ela deixou de arquear tanto o corpo. O sol-espada, bronze enferrujado. De relance, os lázaros. Quando buscasse assistência médica, Olga não saberia explicar a si mesma como encontrou forças para se erguer, estufar o peito, encarar o agressor e devolver, na cara de quem a tinha socado, uma cuspida.

Ele tentou outro soco.

Olga, desta vez, não foi pega de surpresa.

O agressor realmente estava alterado. Lento, cambaleante. Olga, ao evitar o golpe, deixou uma perna e um empurrão no meio do caminho — ele meteu a cara no poste do semáforo. Ela ouviu seu grito de dor, o barulho do nariz quebrando. O sangue descia pelos lábios e queixo do seu inimigo quando ele se levantou. Veloz, ela ainda deu uma unhada na cara dele.

Os companheiros ficaram sem reação. Quando sentiu que tentavam atacá-la, Olga gritou:

— INFECTADA, TÔ INFECTADA.

Aquilo saía de um pântano.

Os lázaros a acompanharam na gritaria. E quem ouve um lázaro gritar não esquece: eles gritam como se máquinas industriais tivessem alma.

O agressor tentava se erguer com dificuldade. Suas mãos e pés buscavam apoio no poste, porém escorregavam no próprio sangue, fazendo um barulho semelhante ao de uma macarronada remexida.

— Por favor, faz essas coisas pararem. — Eram os outros dois. Suplicavam e choravam ao som do jogral dos ressuscitados.

Olga se afastou dos três agressores e, para sua surpresa, os lázaros pararam de gritar. Os dois sujeitos fugiram no passo mais apressado possível, carregando consigo o amigo semiconsciente.

Todo o corpo de Olga tremia.

Ela sentia um calor subir no pescoço e cobrir suas orelhas. Respirava com dificuldade, porque o estômago a obrigava a sentir, outra vez, o soco.

Observou as mãos sujas de sangue — tinha resquícios de pele pendurados nas unhas. O vento quente sacudia papéis soltos na rua, bem como os seus cabelos e as palmeiras do calçadão. Imaginava coisas: com certeza não havia um sorrisinho no rosto dos lázaros. Olga poucas vezes tinha se sentido tão *viva*: tantas vezes eu quis acordar e aqui estou, sobrevivente. Estou viva. E quanto a eles? Ao olhar os lázaros, Olga pensou em solidão, mas também em memória. De nada ia adiantar, tios queridos, as verdades jogadas na cara da minha avó. Ela era uma porta fechada, selada. Mas, que estranho, continuaria presente. Nos dias e nas noites. Vovó não tinha mais respostas. Os piores e os melhores momentos — dona Maria Lutz podia se lembrar deles? Nós conseguíamos agarrar os momentos, trazê-los de volta? Pelo contrário. Cada um já tem seu fardo e nada mais. Sua vovó se transformara no espelho da vida e da morte. Sua vovó voltava a ser um nome.

Que nomes, que dores, que medos as duas lázaros e o lázaro à deriva na frente dela tinham vivido?

O sol acabava de escapar das nuvens e um brilho intenso revestia os lázaros. Olga enxergava uma humanidade, nem que fosse pelo avesso, nem que fosse devastada, miserável e esticada até o limite. E onde estão pessoas, estão os problemas e as responsabilidades.

Colocou, sem dificuldade, a trupe no carro.

Hora de voltar para casa.

Firestarter

Na margem esquerda da estrada, o esperado e amado incêndio.
A fumaça, a coluna de fumaça, era um verme instável.
As telas dos nossos celulares exibiam o app TPF — Tá Pegando Fogo — a coisa mais importante no entretenimento global desde a criação do primeiro Pokémon. Se o verão carrega o fogo, traz também a febre: aberta a temporada de incêndios, milhares de brasileiros se jogam na caçada, filmando, fotografando, compartilhando nas redes sociais todo tipo de fogo, brasa, incêndio, chama, fogaréu, queimada.
No acostamento, um caminhão da brigada de bombeiros. Nosso comboio estacionou ali perto. Desligamos os faróis dos carros, terminamos de vestir os equipamentos de proteção e iniciamos a procissão. Passava das dez da noite e aquele trecho da estrada, nas imediações de Itabaiana, não tinha iluminação. A noite estava polvilhada de estrelas, mas a mancha da fumaça, fazendo o papel de uma Via Láctea reversa, a rasgava de alto a baixo.
As autoridades constituídas ainda não compreendiam o nosso hobby. Nos boicotavam com bobagens sobre segurança, normas e por aí vai. Alertavam que fogo não se domestica; fogo não tem rosto nem nome, não tem razão nem partido; é, na melhor das hipóteses, um parceiro de trabalho (ou de miséria). Claro, risco, risco *mesmo*, existe. Há risco ao entrar em um elevador, ao comer uma maçã (Eva e Branca de Neve!), no ar que respiramos.

Nosso grupo fez uma caminhada de uns doze minutos pelo descampado até o fogo. Não era possível enxergar os bombeiros, embora manchas — um contraste entre manchas cinzentas e marrons, movimentos — aos poucos entrassem em nosso campo de visão. Ali no campo, só grama rala. E mais nada. Ou quase nada — esboços de árvores, sugestões de arbustos, acho que uma ou duas casas tristes, semiadormecidas, lembrando as casas das minhas avós.

Que tipo de chamas vamos encontrar, a gente se perguntava aos cochichos.

A brincadeira funciona como qualquer coleção. Como um jogo de cartas colecionáveis, a coleção de selos do seu pai ou o boneco de super-herói protegido por uma redoma e exposto nas Comic Cons.

Tem as chamas frequentes no baralho, pouco elaboradas, crespas, balançando ao som do vento sem nenhum rigor. É um fogo Feijão com Arroz. Um fogo batendo o cartão, sem gozo, sem classe, sem criatividade. Fogo sem chama. Um incêndio é sempre um incêndio, então mesmo um desse tipo vale a pena, só que estamos na estrada pra capturar os coringas — o dragão raríssimo, cromado. O fogo Cocô, por exemplo, já é uma boa aquisição, ele se enrola numa espiral e vai formando uma pontinha no topo; o fogo Palhaço, mais raro, porque tem quase um sorriso no meio, um senso de humor, um olhar psicopata que se volta para nós (o que não deixa de arrepiar, já pensou se o fogo construísse uma civilização, ou pudesse dar umas risadas boas, gostosas, um arroto formado por pedaços incandescentes de carvão?); o fogo Exterminador do Futuro, porque segue uma marcha rápida, imparável, os músculos flamejosos de um Arnold Schwarzenegger soltando balas-faíscas a torto e a direito; o fogo Harry Potter, porque solta umas bufas mágicas pelo vento, umas explosões nascidas de verbetes de dicionário de latim; o fogo Merlin, cujas belezas só um olho mais treinado captura, não o olho desses neófitos e neófitas... Ah, o fogo Merlin... Azulando à medida que passeia movido por um pacifismo destrutivo. O bonito de se ver no fogo Merlin são suas chamas curtas, precisas. Carbonizam passarinhos, flores, plantas, garrafas de plástico, bonecas, dedos, deixando pra trás farelos de grafite. E quanto ao fogo Fênix? Raríssimo, raro; o fogo Afrodite é mais um espelho do que uma presa — é o maior dos incêndios, porque não tem como pendurar nada nele, nenhuma palavra, ele vai esmagando a gente. Dá até um medo.

A cada novo incêndio que encontramos, recordo emocionado do primeiro. É uma lembrança da infância, *claro*. Marcante como encontrar, no quintal, o primeiro pássaro morto, ou quando o gato de estimação, o Miau-Miau, deixa no tapete da entrada algum bicho destroçado. Foram uns livros, transformados em fogueira no terreno baldio da rua onde passei minha infância, em Recife. Não faço ideia do motivo de queimarem, mas aprendi o que é um livro. É um troço meio pesado, bruto, feito de eixos verticais e horizontais. Um livro é um dinossauro que o meteoro esqueceu de exterminar. A gente abre um livro e encontra um mistério dentro, a cascata de linhas-frases. Mas tem a decepção. "Só isso?", a gente pergunta pro livro, porque ao redor dele se formam umas promessas, mas daí, quando a gente abre... Um livro em chamas é uma concha se fechando. E, de tanto se fechar, a concha se anula largando uma pérola de cinzas, que graças a Deus é varrida pelo vento. Tudo vira espírito. Se espalha pelo ar — tosse, tosse.

Os bombeiros formavam uma meia-lua ao redor das chamas. Usavam terra, pás e leques como armas contra o fogo. Não identificamos mangueiras nem água.

Hoje em dia, com a moda de perseguir incêndios, os bombeiros, se bem que a contragosto, estão treinados para lidar com colecionadores como nós. Uma bombeira logo nos percebeu e se afastou do seu grupo. Correu na nossa direção, gritando e sacudindo os braços acima da própria cabeça. Nem eu nem ninguém do nosso pequeno e seleto grupo entendeu o que ela dizia. A representante dos bombeiros gesticulou; gesticulamos de volta, sacudindo nossos aparelhos celulares; braços dela pra lá, braços nossos pra cá. Informamos o quanto tínhamos viajado e que estávamos preparados. Usávamos máscaras e viseiras adequadas; nossa internet era 7G.

As chamas ocupavam uma área circular razoável. A luz, porém, não escaldava mais. Morna, ficava submissa ao chão. Nosso grupo acabou se entendendo com a bombeira. Ao chegarmos a um acordo, ela nos conduziu mais próximo às chamas e nos integramos aos seus colegas, que tinham cruzado os braços e pareciam relaxados, ou entediados.

Perguntei aos bombeiros se continuariam a agir.

— Acho que tá tranquilo, moço — disse um.

— Melhor nem incomodar mais — falou uma outra.

— Deixa assim — concluíram.

Alguém riu. Estalos e estrelinhas de fogo pegavam carona no vento pesado. Os bombeiros lançaram um último olhar na direção do incêndio, depois deram as costas, seguiram rumo ao acostamento e foram embora.

Ao contrário dos bombeiros, juramos fidelidade ao incêndio. Nos sentamos no chão, comemos batatinhas, abrimos cervejas. Tiramos fotos, fizemos vídeos. Compartilhamos. Nossos celulares, brilhando na noite quente, também nasciam do incêndio, do rosto frio, rouco, do incêndio.

A força da chama diminuiu com o passar do tempo. Ficamos matutando. Eu fiquei admirando as colunas espessas subindo pros céus, colunas de sacríficos... Sim, é verdade que existe prazer na fumaça. Risco e morte. O coração da gente nessas horas de caçada vai explodindo. Começamos a cantar. Eu canto a fumaça: em 1986, uma aldeia africana, localizada perto de um vulcão e de um lago, acordou morta. Não apenas os homens e mulheres e crianças da aldeia. Pelo chão, em todo o perímetro da aldeia, um tapete de vacas e milhares de moscas, defuntas. Poucos sobreviveram à morte. Os sobreviventes relataram que, horas antes da tragédia, o imenso lago explodira. Suas águas furiosas subiram aos céus no formato de uma água-viva; em seguida, tremores foram sentidos — algo tinha explodido no coração do lago, algo de fogo e lava tinha escapado por debaixo da terra, vazado, hoje sabem os investigadores, os cientistas, dos incêndios interiores do vulcão. Como uma serpente, a fumaça, invisível, carbônica, se esgueirou pelo chão, pelas frestas, balançou lanternas. E sufocou.

As notificações pipocaram nas nossas telinhas. O app avisou: havia um outro incêndio — dos grandes! — perto dali. Arrumamos nossas coisas (o lixo ficou pra trás) e corremos para as vans. Inserimos as instruções de localização no painel dos pilotos automáticos e fomos embora. Pouco depois de partirmos, um outro grupo de caçadores de incêndios acabava de chegar. Chegaram tarde, seus trouxas! Perderam o melhor do espetáculo.

A estrada continuou para nós — linda.

Volta e meia, nossos faróis capturavam o vislumbre de alguma família, ou de duplas ou trios de homens, caminhando pelas beiras da estrada, talvez de volta para casa. Eram feitos de carvão, eram feitos de salitre. Vestiam roupinhas humildes. Carregavam enxadas e objetos enrolados em trouxas de pano. São diferentes de nós, que temos nossas vitaminas, nossos cremes, nossos apps, nossos robôs, nossos 7Gs e ares-condicionados. A temporada, rá!, realmente estava quente! A prova? Dezenas de focos incandescentes nas trevas. Por todos os lados, que beleza!, a paisagem ondulante queimava, porém ao longe. Desviar da estrada e invadir as brenhas e propriedades alheias podia contar vários pontos no app, mas nosso grupo buscava mais o espetáculo do que a competição. E, o app prometia, havia um espetáculo de fácil acesso poucos quilômetros mais à frente.

Tantos incêndios deixavam o ar mais denso, enrolado para dentro de si. Insetos voavam em disparada, se espatifando em nossos para-brisas; animais corriam pela pista e pelo acostamento — as luzes das vans obrigavam seus olhos a brilhar. Alguns de nós aproveitaram para tirar um cochilo antes de chegar à presa principal. Não eu. Meu corpo se agitava, as pernas tremiam. Forcei meus olhos ao máximo. Contemplei as luzes alaranjadas em combustão. Apreciava uma por uma, tentava não esquecer nenhuma delas. Se adormecesse agora, sem dúvida eu sonharia com incêndios. Era uma ideia bonita, não era? Cada um dos meus companheiros adormecidos, que lindo seria se tivessem sonhos incendiários! Porque existe o fogo invisível também. Ser invisível não é privilégio apenas da fumaça. Anos atrás, tive uma namorada em Brasília e, numa das minhas visitas, ela me levou a uma construção abandonada, um teatro na Asa Norte. Faltou dinheiro, ou o dinheiro escorregou para bolsos alheios, ela explicou.

Não, não. Não era isso.

Contemplando a carcaça do teatro, o que eu tinha visto ali? O que eu tinha visto, senhoras e senhores, bem ali? Uma escultura. Uma escultura feita menos por mãos humanas e mais por uma desvontade. Ninguém usou cinzel. Que nada. Usaram chamas. Sim. Chamas transparentes. Viradas pelo avesso por cima das nossas cabeças, por cima do teto e do bom gosto — gás vulcânico. Chamas de lagos se abrindo como cabeças partidas de águas-vivas... Que estilo, que estilo aquelas chamas tinham?

— Chegamos — alguém falou.

A freada brusca me acordou. Eu tinha escorregado num sonho, sem perceber quem era, ainda, real.

Descemos das vans. O incêndio à nossa frente — as asas de dragão abertas — iluminava toda a terra e todo o céu. Um antigo engenho, transformado em hotel de beira de estrada e museu, queimava: a casa-grande, a capela, as casinhas, o curral, a moenda, as casas de caldeira e fornalha, os jardins, o mato rasteiro, as cercas... Tudo que pudesse existir, tudo, tudo que ainda pudesse ter vida, queimava.

As autoridades — polícia, bombeiros — ainda não tinham chegado, mas dois ou três dos seus drones já sobrevoavam tudo. Um grupo de caçadores tinha chegado antes de nós. Filmavam, tiravam fotos, compartilhavam. Outras pessoas se aglomeravam, quem sabe fossem trabalhadores ou moradores das redondezas: crianças, mulheres, homens, todos com o rosto esfumaçado.

Nosso grupo batia palmas. Enquanto isso, ao fundo, as criancinhas choravam e a madeira crepitava.

Os grupos debatiam como classificar. Primeiro, achamos que se tratava de um grandioso fogo Akira, mas eu defendi, e todos me seguiram, a ideia de que o espetáculo era ainda maior, mais precioso. O engenho tinha se transformado num raríssimo fogo Fênix. Seu calor retorcia a pele das plantas, das paredes, das nossas caras. Para além dali, nada mais existia. Não existiam palavras, internet, fome, retorno.

Como, como aguentar tanta beleza, a gente comentava. Como suportar um lago de fogo que é um deus que passeia?

Excitados, abalados, apaixonados, nos sacudimos e dançamos.

E, na noite final do mundo, começamos a ser devolvidos ao fogo.

A mulher dos pés molhados

Aconteceu outra vez: Elvira sonhou com a mulher dos pés molhados. Acordou sentindo falta de ar. O cabelo curto, ruivo, grudava na testa e na nuca. Exceto pelo ventilador, que estalava e balançava em cima de um tamborete, não se ouvia nenhum som. Seus olhos buscaram o marido, deitado a seu lado na cama. Ele continuava dormindo. A mão esquerda tocou a própria barriga — pouco mais de três meses, já.

A chegada em Campina Grande devia ter sido surpresa, o que era a cara dele.
    O teatro, as ceninhas, o palco montado. Sua esposa, porém, não aguentou e ligou para Elvira na hora do almoço, avisando-a. Volta e meia as duas se comunicavam por mensagem. O pai de Elvira tinha setenta e um (há anos ela não ligava no dia do seu aniversário). A esposa dele, cinquenta e quatro. Estavam juntos havia uma década, o que de alguma maneira santificava a madrasta aos olhos de Elvira e suas irmãs. Só tu mesmo pra aguentar esse véi. "Só tu mesmo" — o casamento justificava alguns dos defeitos da madrasta. Elvira tinha pouco interesse na mulher do seu pai. E pouca paciência para as conversas dela. Ao mesmo tempo, que heroína, hein? E ela e as irmãs davam gargalhada.
    Ele tá diferente, a madrasta disse no telefone. Pensando muito em tudo, reavaliando, ele não defende mais aquelas

coisas todas, Elvira. Me permite dizer, sei que não tô em minha posição... A gente soube pelos outros. Teu pai ia ficar feliz se fosse avisado. Elvira tinha feito as irmãs jurarem sobre a Memória-das-Bonecas-da-Xuxa-Queimadas-No-Quintal--De-Casa-Em-Nossa-Infância que não contariam da gravidez para o pai. Não estava a fim. Não queria recomendações, atenção, cuidados. Pitacos. A criança é minha. Foda-se. Ponto-final.

A madrasta lhe passou o horário e o número do voo. Saindo de São Paulo, seu pai faria uma escala em Recife e por fim pousaria em Campina no início da noite. Elvira pediu para sair mais cedo da secretaria do curso de letras da UFCG, onde trabalhava. Em seguida, passou no supermercado. Na fila do caixa, percebeu ter separado umas coisas das quais o pai gostava, a principal delas uma generosa porção de queijo do reino.

(Sonho: a cidade ciclópica se reconstruindo e retomando a própria solidez, enquanto os pés — as gotas e os cabelos e as algas marinhas — sumiam.)

(Os pés da mulher.)

— Senhora? Senhora?

Elvira estava perdida, mergulhada, cerrada — a caixa do supermercado a olhava com estranheza; atrás de Elvira, os outros quatro carrinhos da fila lhe mandavam olhares de impaciência e hostilidade. Na outra calçada, uma moradora de rua, bastante corcunda e trajando trapos sujos, empurrava um carrinho de supermercado. Dentro dele, cabeças, braços, pernas e cabelos de bonecas.

— Esse queijo do reino, não. O resto, sim. Crédito, por favor.

Arrumou a casa toda de um jeito que espantou o marido quando ele chegou do trabalho. Objetos em lugares diferentes.

Tapetes trocados. Folhas secas das plantas recolhidas. Elvira trocou as revistas de uma das mesas da sala, aromatizou todos os cômodos. Moravam em um edifício recém-inaugurado: uma boa sala, três quartos — um deles, escritório —, dois banheiros. Elvira estava apaixonada pelo apartamento (menos empolgada, porém, com os boletos do financiamento). Acordava sempre muito cedo e um dos seus momentos favoritos do dia era sentar na varanda, caneca de café fumegante nas mãos, e sentir o friozinho matinal, o sol ainda jovem iluminando outros prédios, casas e a geografia ondulada da cidade. Mais adiante, ali na linha que une céu e terra, ainda se enxergavam terrenos vazios, cercas, enormes pedras — tudo irregular e sinuoso, do jeito que ela gostava.

— Painho, eu… tive muita coisa, um monte de trabalho… — Trocou olhares com o esposo. — Acabei de chegar… Não deu pra ir no aeroporto…

Mal se cumprimentaram. Quando a campainha tocou e a porta da sala se abriu, Elvira encostou de leve o rosto no do pai e disse: "Entra". Seu marido e o pai se cumprimentaram de modo civilizado. É até um bom rapaz, *um bom japa*, ele costumava falar. Fico impressionado como um bom japonês assim conseguiu casar com minha caçula! A escolha pelo japa é *peculiar*, assim como a sua estagnação, filha, num concurso de médio escalão. Elvira Vai com as Outras — assim o papai a chamava na infância.

Quando ele entrou na casa, Elvira notou a fragilidade física do pai. Abatido, meu Deus. Acabado. Bem, é isso: seu pai recém-chegado sentado no sofá da sala, a bagagem de mão entre as pernas. Cabelo ralo penteado para o lado; olheiras, voz cansada; o rosto imenso e quadrado, áspero como um personagem talhado na madeira de uma xilogravura, porém agora doentio e sugado de vitalidade. Elvira se posicionava numa diagonal em relação ao pai, a bunda encostada na mesa da sala; seu marido sentava em uma das cadeiras da varanda e fumava.

— Tudo bem. Eu sabia que tu não ia me pegar, tinha *certeza*, aí entrei no primeiro táxi que vi, entrei sem nem olhar pra trás.

"… entrei sem nem olhar pra trás." Elvira sentiu uma pressão nervosa no olho esquerdo. Suas mãos apertaram com força a própria calça. Franziu a testa — estava a ponto de responder à altura. Queria jogar na cara dele algo bruto, na linha de quem-manda-em-casa-sou-eu, ou eu-faço-o-que-quiser, ou ainda não-tenho-paciência-porta-tá-aí, quando ouviu:

— Mas que bom que eu cheguei, Elvira. Que bom, minha filha. — A emoção na voz parecia terrivelmente sincera.

No passado, a conversa teria escalado, uma espiral de acusações e até gritos. Aquilo acentuava a gravidade do que acontecia. Antes Elvira o enxergava. Porta, mesa, samambaia, marido, sofá, pai — isso tudo a gente enxerga. Só depois de ouvi-lo, no entanto, é que ela percebeu que havia anos não olhava o próprio pai. Evitava contato visual, evitava conversar, evitava sua presença… Corpulento, derrotado, o pai regredira a algo semelhante a um estado infantil. A fragilidade infantil: aquele cristal delicado que as crianças são, as emoções puras, primais, a facilidade com que o tecido da alma se parte. Eu adoro ser Elvira Coração de Pedra, ela gostava de dizer às amigas. Também, tive o melhor professor, né?

Só uma forte teimosia a segurava naquele momento.

Seu pai começou a chorar. Chocada, Elvira virou o rosto e cruzou os braços; o marido ensaiou se levantar da cadeira; ela o impediu com um gesto brusco. Elvira enxugou os olhos. Não sabia o que fazer, nem como fazer.

— Painho, eu...

Seu pai a interrompeu com um gesto, como se pedisse a palavra. Em seguida, disse:

— Minha filha, eu vim aqui pra te lembrar da nossa maldição.

E apontou na direção da barriga da filha.

A estrada estava pouco movimentada. Viajavam à noite — partiram de Campina Grande assim que Elvira voltou da universidade.

Colocou, baixinho, uma playlist de Zé Ramalho. O cantor lembrava sua infância. As músicas traziam de volta as poucas lembranças de sua mãe, que quando viva adorava varrer a casa cantando bem alto "Avôhai". Seu pai só apreciava Zé Ramalho quando não passava pelos surtos religiosos dele, porque aí só ouvia música gospel. Ainda faltava uma hora até chegarem em João Pessoa e de lá pegarem a estrada na direção de São Jorge do Norte. Elvira se lembrou de uma conversa com as amigas (seu pai roncava levemente no passageiro). É tão bom o pesadelo, né, amiga? As outras riram, inclusive Elvira, ao ouvirem isso. Só tu, só tu pra dizer que gosta de ter pesadelo, minha filha! Mas a amiga explicou: não fica tudo bem melhor depois? Quando o coração vai desacelerando e, primeiro, a vida, qualquer vida, é melhor que ficar num pesadelo... segundo, até as pontas dos dedos, a gente sente que elas tão mais, sei lá, sólidas...? As pontas dos pés. Dá aquele nervoso, meninas, eu sei, eu sei, só que depois a gente tá inteira, inteira e plena e encostada na cama e a vida tá ali. Elvira ponderava e concluía que havia sabedoria nas ideias da amiga. O pai: às vezes o olhava de relance. Três meses? Três meses de vida no máximo, os médicos disseram. Nunca conseguiria abraçar aquele homem plenamente, não conseguia se lançar na direção de um amor incondicional. Ele, porém, sofria. Elvira sofria também. Havia alívio, quem sabe, na possibilidade da ternura. Tu não vai conhecer ele, minha filha. Mas pelo menos estamos levando vovô pra passear.

Estranho, um sonho se repetir assim. Elvira não se lembrava de quando a mulher dos pés molhados tinha aparecido antes, mas sentia a certeza de uma repetição. A mulher, cheiro de mar, surgia sentada no seu quarto. Envolvida toda pelas sombras, exceto por uma lâmina de luz, vinda só Deus sabe de onde, que revelava as pernas mortas — pele verde-decomposta e varizes entupidas de morte. Olhos arregalados (duas manchas misturadas de íris e pupila), visíveis nas trevas, embora não brilhassem. Daí a mulher se levanta com os dentes rangendo e caminha, trôpega, em direção à cama. Elvira não consegue se mexer, nem gritar, nem reagir. Gotas caem dos cabelos escuros, longos, da mulher; espalhados pelo seu corpo nu pendem sargaços de odor intenso, aquele cheiro que os sargaços têm quando largados por horas na areia. A cada passo, um barulho de umidade. Quando ela está bem perto, Elvira percebe que a garganta da visitante se abre como um rasgo e de lá escorre algo espesso como o piche. De repente, só há a visão dos pés, de cujas plantas deságua uma poça.

Foi assim o pesadelo, foi isso que ela tentou contar para as amigas.

Ligou a seta e com cuidado mudou de faixa. Em poucos metros, o posto de gasolina.

Perto de João Pessoa, começaram a brigar. O motivo foi um picolé. Segundo seu pai, Elvira tinha comprado o sabor que ele mais detestava. Existem muitos picolés no mundo, sou tolerante a todos. Menos a *esse* aqui.

— Tá bom, painho... Próximo posto eu paro e a gente pega um que tu gosta.

Progresso: seu pai, no passado, nem teria respondido. E Elvira, no passado, teria se oferecido bufando, a má vontade ensaiada e apontada para a cara dele.

Acabaram deixando pra lá. O picolé foi devorado — o tratado de paz se consagrou no gesto do pai de lamber os beiços. Ele passou a fazer perguntas sobre a gravidez. Por que Elvira respondia? Por que ele perguntava? Uma das suas filosofias de vida, em especial pros homens, era: "Ninguém muda". Não mesmo! Em especial seu pai. Ao seu lado, no banco de passageiro do carro, ele era o mesmo, e nunca tinha sido tão diferente. Será que sua doença afetava o cérebro, alguma condição assim? Por mensagens de celular, no dia anterior perguntou às irmãs a respeito daquele papo de "maldição". Ora, a maldição, elas responderam. Que maldição? A maldição, Elvira. Sim, com um esforço de memória, Elvira lembrava. Seu pai falava daquilo... a voz dele ecoa num passado de sonho, a mãe dando risada da cara dele, pai e mãe brigando feio.

A maior parte das famílias tem seus mitos de origem, o marido de Elvira gostava de dizer. Ela concordava. Se o mito é muito doloroso, há no mínimo duas reações. Existem famílias que o escondem debaixo do tapete. Silenciam. Nada falam sobre *aquilo*. Ou, se falam, isso acontece a portas fechadas e entre os mais velhos, nunca na frente das crianças. É melhor, afinal de contas, esquecer. Fechar a porta. Bola pra frente. Outras famílias, no entanto, falam sobre o mito o tempo todo.

Aí está a nossa desgraça, meninada: escutem e aprendam. A culpa não é minha! Porque o Fato aconteceu lá atrás é que hoje estamos assim. Se não tivesse acontecido...

Elvira não suportava essas lorotas.

Tudo girava em torno da origem misteriosa do seu bisavô paterno. Ele se chamava Barnabas Burton. Talvez fosse americano. Talvez fosse irlandês. Talvez fosse australiano. Talvez fosse escocês. Ninguém sabe muito bem. Vovô Barnabas chegou ao Brasil por volta dos seus trinta anos de idade. Era paupérrimo, mas o pai de Elvira supunha que ele tivera, na infância, uma boa educação, porque os parentes sempre falavam — em tom de crítica — que ele vivia com um livro na mão. Era ruivo e sardento, como todas as mulheres que seriam suas descendentes.

Décadas antes, um navio comercial de médio porte, por razões misteriosas, atolou em uma praia na Paraíba. A embarcação se encontrava, descobriram depois, semanas à deriva, sem capitão. O que o navio comercializava? Mistério. Ou os produtos estavam estragados, destruídos, ou haviam sido jogados no mar, por algum motivo incompreensível, antes do atolamento. Se, ao chegar na costa paraibana, o navio ainda tinha algo de valor, nada sobrou depois dos saques feitos pela população local. Ao atolar, os sobreviventes do navio se recusaram a sair, apesar dos apelos, primeiro da população da então minúscula cidade, e em seguida das autoridades. Pelo contrário, as comunicações feitas pelo navio — gestos, bilhetes incompreensíveis, gritos — indicavam que qualquer um que tentasse subir a bordo seria recebido com extrema violência.

O impasse durou dias. Até que, uma madrugada, gritos horríveis vindos do navio foram ouvidos. Tiros, quebra-quebra. Luzes inexplicáveis. Os locais falavam de vozes "pouco humanas". Muitos moradores juraram ter observado sinais no céu. O fato é que, um dia, uma pessoa desceu do navio. Todo o seu corpo tremia. A pessoa falava uma mistura de inglês e outras línguas. Coberto de sangue, o sobrevivente segurava um livro antigo, de nome esquisito, entre os braços. Quem tentasse pegar o livro seria atacado com mordidas. Sua roupa estava toda rasgada, o cabelo, todo sujo. Seu nome? Barnabas Burton (ou assim ele afirmou que se chamava).

Logo descobriram que Barnabas era o único sobrevivente. O interior do navio era um show de horrores. Excrementos por todo lado, inúmeros recintos destruídos, sinais de incêndios, corpos apodrecendo, degolas, indícios de canibalismo. O mais impressionante, contudo, é que não se conseguiu desatolar a embarcação. Explosivos, veículos de tração — partes do navio saíam, mas a carcaça principal se mantinha aferrada à areia, convicta da sua destinação final.

Depois de meses de tentativas infrutíferas, ninguém mais se importou. A praia, pertencente ao município de São Jorge do Norte, passou a ser chamada de praia do Atoleiro.

— As décadas se passaram, minha filha, e o que ia sobrando do navio foi se afundando na areia e se apagando. Mas a história correu, mesmo assim. Seu bisavô passou uns tempos preso, mas nada se provou contra ele. Foi arrumando trabalho na cidade, até que ele conheceu sua bisavó, se casou. A vida dele não durou muito. Um dia depois do seu aniversário de quarenta e cinco anos, encontraram ele morto em casa, enforcado. Diziam que a saúde mental dele nunca tinha sido boa... Elvira, nossa família nunca esteve em paz. Nunca. Todos os meus tios morreram cedo. Tu já percebeu isso? Câncer, doenças crônicas, suicídio. Os casamentos nunca duram. É homem batendo em mulher. Mulher traindo homem. Todos os negócios que a gente já tentou botar, tu já notou, nada vai pra frente! Sua mãe... ela morreu jovem, eu disse pra ela, tu vai ficar comigo mas tem uma maldição. Ela mangava e eu ficava enfurecido. Achava desrespeito, mas hoje me arrependo da gente ter brigado tanto. Eu até que durei. Só agora fiquei doente. Sabia que meu tempo ia logo chegar! Aí veio o diagnóstico. E tuas irmãs falaram da tua gravidez.

— Painho... tu não acredita nessas coisas, né?

Ele a encarou.

— Elvira, na nossa família tem uma maldição. Tô certo disso. Era o que meu pai falava. Era o que seu bisavô Barnabas devia falar. Porque alguma coisa aconteceu naquele navio. Alguma coisa horrível, e até hoje nossa família tá pagando o preço. Barnabas sobreviveu e o preço ainda tá sendo pago. Eu não vim aqui só pra te ver. Isso aqui que foi a gota d'água.

Na sala da casa de Elvira, seu pai abriu o zíper da bagagem de mão e tirou três folhas de papel grampeadas. Era uma reportagem da internet, que ele tinha imprimido. As folhas permaneceram no ar, trêmulas, até que Elvira tivesse coragem de pegá-las.

Ilustrando a reportagem, uma fotografia. Elvira enxergou os restos do navio do bisavô. Eles emergiam da areia como se fossem parte do esqueleto apodrecido de um imenso peixe.

À noite, ao chegarem e se acomodarem em uma das poucas pousadas da pequena São Jorge do Norte, as horas noturnas restantes foram divididas entre um jantar leve na própria pousada — uma canja e tapiocas com manteiga —, um pouco de TV no quarto e muita sonolência. Pai e filha sentiam um cansaço e um sono anormais e chegaram a comentar a respeito. O pai reclamou da esposa. Logo depois a chamou de "santa!", "paciente!"; falou da nova igreja que frequentavam; evocou lembranças da mãe de Elvira. Elvira, por sua vez, pouco falou. Apreciou, no entanto, o tom da conversa que tiveram.

Porém, quando a sua barriga se contorceu, em meio a dores intensas, Elvira tentou gritar e não conseguiu. Cada tentativa secava o ar dos seus pulmões. Onde estava? Onde estava? Onde estava? Um vento sacudia seus cabelos. Enxergou-se em uma enfermaria. Depois, em uma cabana. De repente, repousava, nua, em uma mesa de madeira. Não estou sozinha. Existe uma presença — olhos visíveis, mesmo na escuridão.

Força, força — algo saía pela sua vagina.

O horror a fez tentar gritar de novo. Moluscos deformados, fervilhantes, viscosos e balançando suas patas em frenesi apareciam por todo lugar.

Não. Não, não, não.

Não — de dentro da sua vagina saiu, deslizante, uma serpente negra, sibilante, cujos olhos amarelos e sem emoção se viraram na direção da própria mãe.

A língua bifurcada vibrava no ar.

— NÃO.

Acordou com as mãos cheias de areia. Ela se via à distância, inclinada, no quarto da pousada, sobre o pai. As mãos úmidas — os pés úmidos — se abriam como garras ou como estacas fincadas na areia — rasgos de sombra no chão, rasgos de sombra nas paredes. As mãos, lentas, se inclinavam em direção ao pescoço dele, que dormia. Tem algas nos meus cabelos, Elvira tentou falar, porém sua voz estava gorgolejante — sua garganta toda tomada por um piche borbulhante e que a entalava.

— NÃO.

Elvira se ergueu da cama.

O pai permanecia dormindo.

— Estou de volta...?

Repetiu a frase algumas vezes, com convicção.

Sem tirar os olhos do pai, mandou mensagens desesperadas para o celular do marido. Depois, as apagou e escreveu algo protocolar composto de como-vais e de sau-da-des. Ligou a TV e a deixou no mudo. Abriu as redes sociais e se escondeu nelas durante algum tempo. Só quando as primeiras luzes do dia apareceram em meio às cortinas, Elvira conseguiu dormir mais um pouco.

— O que tu esperava, pai?

Havia cansaço, havia impaciência e ao mesmo tempo Elvira sentia piedade daquele homem, seu pai, ajoelhado na areia da praia, murmurando frases bem baixinho diante dos destroços do navio atolado.

Após o café da manhã, na recepção da pousada foram informados de que o acesso ao navio fora interditado pela prefeitura. Questão de segurança, supostamente. Gente se acidentou por ali, a atendente explicou. Parece que uma criança estava naquele momento internada em um hospital... Só que tudo tem jeito, desde que a gente esteja disposto. O pai de Elvira respondeu, enfático e dando um tapa no balcão da pousada, que se sentia bastante disposto. Após conversar com o gerente pelo telefone do balcão, a atendente pediu para voltarem a falar com ela por volta das cinco da tarde.

Decidiram caminhar. São Jorge do Norte não passava de uma cidade pequena e pobre. A maior parte das cidades turísticas não deixava de ser como ela. Ao menos, as que Elvira conheceu. Algum miolo de prosperidade num centro turístico; talvez algumas quadras ou um bairro inteiro de classe média ou de suntuosas casas dos ricos (moradores das capitais ou de outros estados); e o restante da cidade basicamente miserável, às vezes sem qualquer tipo de saneamento. Resorts & mucambos, ela gostava de dizer. Uma ventania varria a cidade. Não havia sol. Existiam duas ruas principais com restaurantes vazios, poucas pousadas e lojas de suvenires. Alguns turistas passeavam, tiravam fotos de casas pitorescas e de uma praça até bem cuidada, com uma estátua de São Jorge em luta com um dragão. Acharam os habitantes desanimados e infelizes. Impressão semelhante em relação às casas, quase todas malconservadas, cheias de rachaduras e infectadas com uma substância esverdeada parecida com musgo.

— Olha, Elvira, olha só. — Parte das folhas das árvores baixas, das palmeiras e até dos gramados apresentava uma cor marrom-avermelhada. — Pode ser um fungo. Tem fungo na cidade toda.

De alguns troncos escorria uma resina escurecida.

Passaram pelos prédios da prefeitura, pela câmara municipal (ambas fechadas), por duas escolas públicas, por uma biblioteca pública (fechada) até chegarem a uma raquítica feira livre, cujas barracas se equilibravam em madeiras velhas, lonas furadas e metal corroído. Os peixes, as frutas e os legumes possuíam um aspecto pouco atraente, e Elvira achou que alguns dos pescados tinham um aspecto não natural, como se tivessem sofrido uma mutação. Temeu ser preconceituosa (seu marido a teria alertado a respeito) e por isso achar tudo ruim, tudo suspeito, tudo imperfeito e precário. As carnes vermelhas e os frangos, por outro lado, estavam melhores.

Aproveitaram para buscar algum vestígio, alguma pista, de Barnabas Burton. Toda cidade pequena tem seu historiador. Infelizmente, não foram capazes de encontrar alguém assim. Elvira se perguntava sobre o livro misterioso que seu bisavô trouxera consigo do navio. Qual teria sido o seu paradeiro?

Lamentou a biblioteca estar fechada. Poderia ainda estar lá, doado por ele? Que tipo de livro seria?

Almoçaram um arrumadinho em um boteco perto da pousada. De volta ao quarto, outra vez o peso de um cansaço sem explicação, um convite anormal ao sono, tomou conta de pai e filha. Dormiram. Elvira sonhou com alguma coisa, porém não se lembrou do que sonhara. Acordou com o despertador e não se sentiu muito disposta. Mais tarde, seu pai lhe diria que ela tinha passado a tarde falando enquanto dormia.

— O que falei?

O pai manteve a resposta em segredo.

Voltaram à recepção da pousada às cinco e quinze e um adolescente os esperava no saguão de entrada.

— Pode ir com esse menino que tá tudo bem — a atendente disse. — Aí de noite a gente acerta.

O adolescente era conhecido como Miguel Índio. Usava um brinco de pena na orelha direita. Uma cicatriz longa lhe atravessava a testa. Sua voz, um tanto fanha, soou a Elvira como a de um garoto inteligente, cheio de manhas. Era mais velho do que a própria idade, sem dúvida.

— Cuidado, doutor, tem uns ferro.

A praia do Atoleiro não era muito longa, nem bonita. Os restos do navio se localizavam em uma das extremidades. Para chegar lá o melhor era seguir pela areia, e não pelo calçadão malcuidado, porque este não circundava toda a praia. A água estava quieta, a maré secando. O dia se manteve nublado; da praia, as nuvens opacas e emudecidas ficavam mais palpáveis e puras.

Uma garoa leve batia no rosto dos três. O canto dos pássaros, raro, soava tal qual uma melodia triste. Silêncio, silêncio agressivo — Elvira não se sentiu bem naquele lugar, mas julgou que a culpa era da viagem, das emoções do dia anterior, da notícia sobre a saúde do pai. Além disso, há quanto tempo não dormia direito? Quando voltasse, procuraria um médico. Poucas pessoas frequentavam a praia naquela quinta-feira. Chamaram a atenção de Elvira os tons de cinza se espalhando pela areia em um degradê distorcido. Sargaços apodreciam; conchas partidas, centenas, pequeninas, afiadas, se encravavam na praia.

Diante da carcaça do navio, Elvira não mais o associou ao esqueleto de um peixe esquecido na areia. O navio — podemos usar a palavra "navio"? — a lembrava de algo mais primitivo, transmitia a sensação, a percepção, de um animal há milhares de anos extinto. Os animais marinhos míticos das fábulas, das lendas, dos poemas épicos, uma recém-descoberta espécie de dinossauro... Ela olhava a carcaça e a sensação era outra, ali estava somente um monte de vigas, placas e tocos de metal. Lixo, só lixo, nunca um mito.

Sobraram do navio tão somente suas estruturas essenciais — aí sim falar de esqueleto, Elvira concluía, era correto. Um olho destreinado teria dificuldade de associar a decadência metálica a um navio. Talvez pudesse pensar em um píer corroído, em uma plataforma, em qualquer outra coisa cujo nascimento e cuja função fossem a imobilidade e a fixidez. Mas a carcaça singrou os setes mares, caso sejam de fato sete; a carcaça visitou povos de rostos e linguagens os mais diferentes; a carcaça diminuiu as distâncias do mundo; a carcaça foi útil.

Agora, ela era o sonho incoerente de um velho ajoelhado, um homem que não sabia o que significavam, de qual substância eram feitos seus últimos meses de vida. Elvira queria acolhê-lo e dizer algo — não conseguiu. Ela e Miguel Índio estavam um do lado do outro diante da carcaça; seu pai, de galochas, mais à frente, explorando, na medida do possível, o interior da carcaça. Que surpresa, que surpresa — sentia, pela primeira vez desde a infância, admiração pelo pai. Entendia aquela busca como uma forma de coragem. Porque o navio-esqueleto era, sem dúvida, uma imagem da morte.

— Cuidado, os ferro, doutor!

Elvira perguntou a Miguel Índio como iam os "negócios". Disse dessa maneira, rindo um pouco. O guia respondeu com olhar e voz sérios (talvez achasse seus dois clientes riquíssimos, representantes de um alto empresariado) dizendo que São Jorge do Norte sempre foi fim de mundo e que era doido pra cair fora dali se pudesse. O turismo, que nunca foi bom, ia de mal a pior. São Jorge do Norte concorria com outras praias, na Paraíba e em Pernambuco, essas sim badaladas, onde só ia "barão".

— Aqui pouca coisa vai pra frente. Serviço mesmo é nas outras, dona Elvira.

E depois que apareceu o tal navio, piorou. Vieram os boatos, os tais acidentes. Desde que o navio "subiu" — a expressão chamou a atenção dela — o povo da cidade falava de aparições, de uivos, de visões e luzes. Os turistas passavam longe.

— E tu acredita, Miguel?

— Eu não. Povo disse que aqui de noite enxerga umas visão estranha. Pra mim isso é maconha na cabeça. Não acredito, não acredito. Tudo besteira.

Gostou do garoto. Ele merecia uma gorjeta boa. O pai voltou segurando o braço esquerdo com a mão direita. Entre os dedos, escorria a flor de sangue.

— Me cortei ali nas ferragens, minha filha.

Elvira ficou preocupada.

— Vamos só na farmácia e limpamos a ferida. O resto, não se preocupa. Um tétano a mais, um tétano a menos, a essa altura do campeonato... — O pai tentou sorrir.

Ao saírem da praia e chegarem à rua principal da cidade, ela agarrou a mão suja do pai e o conduziu até a pousada.

À noite, durante o jantar na pousada, os dois voltaram a brigar. O pai insistia no tema da maldição. Elvira, impaciente, explicou que maldição ela só aceitava como uma metáfora. Citou uma dissertação muito interessante, defendida pouco tempo antes na pós-graduação em letras onde trabalhava, na qual a pesquisadora falava que as musas e as bruxas, na literatura antiga, eram metáforas não só de estados da alma, mas em especial das dimensões desconhecidas da vida, ou das forças naturais inexplicáveis que atravessam as vidas humanas.

— Não que a ciência possa explicar tudo, não é isso. Mas a maldição é uma metáfora, painho, da ideia de herança. Veja: pensei muito na gente. Em como eu e você, como nossa família, chegou até aqui. Veja: herança. Doenças hereditárias, profissões que seguimos porque nossos pais as exercem, leituras aprendidas com os mais velhos, um jeito de falar, o tom das nossas vozes. A cor do nosso cabelo. — E ela ergueu diante dele uma mecha do próprio cabelo como exemplo.

O pai, porém, discordava e teimava.

— Somos amaldiçoados, não tem jeito!

— Tu quer saber a verdade? — Elvira retrucou. — A real? Tu cagou com a tua vida. Comigo, com nossa família. Com mainha. Até com a coitada que te aguenta, que te aguenta não sei como. "Ah, se não fosse a maldição"... Ah, vai se foder. Os homens da nossa família foram sempre uns bostas. Não adianta negar. Não tem forças macabras, painho, guiando nossa vida. Não tem satanás que justifique um macho bater na mulher. Não tem isso. O que tem é escolhas e responsabilidades. Sabe o que é responsabilidade? É o preço do que a gente precisa pagar, é o que uma pessoa fez ou não fez e o que vem depois.

O pai a ouviu sem demonstrar reação. Elvira, por sua vez, já se arrependia: adianta discutir com um moribundo? Pra quê? Sentiu uma pontada — certamente imaginária — na barriga. Três meses. Três meses.

— Desculpa, painho. É isso que eu acho. Enfim...

— Tem muita coisa que tu não sabe, minha filha. E olhe, é verdade, é o próprio homem que se coloca no abismo. Ele vai com os próprios pés... Eu caminho com os meus pés. Só acho que, às vezes, alguém te empurra pra cair mais rápido. É essa queda que tentei parar.

Tentou parar? Elvira bufou:

— Ok, chega.

Acompanhou seu pai até o quarto que dividiam. Quando ele entrou pela porta, ela avisou que ia dar uma volta. Seu pai agarrou o braço dela, o que a surpreendeu. Queria, precisava, dizer algo. Não devia ser a revelação de um segredo, mas sim uma reconstrução, um retorno. Algo se construía entre eles. Faltava, porém, tempo.

— Cuidado, filha — ele sussurrou.

Ela virou as costas e não respondeu. Saiu da pousada e caminhou sem rumo alguns minutos, até decidir entrar no bar mais turístico da cidade. Sentou no balcão e começou a beber uma cerveja após a outra. O peso dos dias a derrubou. Se sentia exausta e amargurada. Pensou na filha (sabia, apostava, *queria* que fosse uma filha). Pesou-lhe uma recorrente preocupação. Tem isso de as emoções entrarem na corrente sanguínea dos fetos? Como uma droga que a gente usa? Entre os fios de sangue, as intensas tristezas e alegrias torcem, retorcem, costuram, tecem o que vai dentro, o que vai em gestação? Perguntaria para sua gineco. E para uma amiga de escola, hoje médica pediatra. Ergueu a longneck diante de si — era hora de parar e pedir a conta.

— Elvira! Elvira!

Reconheceu a voz anasalada. Miguel Índio estava numa mesa com outros garotos da mesma idade. Bebiam cerveja, cachaça e jogavam cartas. Falavam alto, gritavam, gargalhavam. O garoto, em meio a gestos espalhafatosos, a chamou de "minha amiga" e ela começou a rir. Logo se juntou a eles, que passaram a paquerá-la desesperadamente. Elvira achou fofo, bobo e divertido. *Coitados. É disso que preciso. Bêbada, rodeada de adolescentes explodindo de álcool e hormônios, loucos pra trepar comigo.* Uma pequena deusa alcoolizada se divertindo com sua corte. Bebeu mais um pouco com eles, porém os obrigou (e a si própria) a tomar muita água.

— Bora lá no navio?! — Miguel Índio propôs. Os outros se empolgaram e esperaram a resposta de Elvira. Ir até lá à noite seria uma bela demonstração de macheza.

Decidiu passar na pousada antes para pegar uma canga e seus documentos. Deixaria os cartões de crédito no quarto e levaria algum dinheiro, somente. Entrou com cuidado e não acendeu as luzes. Seu pai? Dormia, aparentemente. Chamou-o baixinho. Sem resposta. Confusa, remexeu nas bagagens e só percebeu que mexia nos pertences do pai quando sentiu algo espetar seu dedo. Descobriu que o seu pai guardava um pequeno punhal enrolado em um pedaço de tecido aveludado. Sentiu um odor de sangue vindo do tecido. A lâmina do punhal, embora afiada e pontuda, era feita de pedra, e não de metal. Passou o dedo pelo cabo de madeira. Sentiu a sua superfície, toda recoberta por inscrições. Depois encontrou um pequeno e volumoso livro. O tato e o odor a fizeram perceber a antiguidade do volume. Após colocá-lo em cima da mesa do quarto e iluminá-lo com seu celular, confirmou ser um livro antigo, mas bem conservado. O nome do autor foi rasurado da capa. Só era possível ler o título: *De Vermis Mysteriis*. Folheou-o. O mero vislumbre das páginas e das ilustrações lhe parecia abominável. Ficou tonta. Sentiu um atravessamento no peito, algo invisível. A linguagem do livro... Pensou em latim, porém as palavras circulavam em sua mente como redemoinhos.

Miguel Índio e sua trupe a esperavam na frente da pousada. Elvira se sentia caminhando em um delírio. Não era só a bebida. A noite se transformara. Durante a caminhada, seus parceiros adolescentes, todos bem agitados, fizeram a ela inúmeras perguntas — como falam e como falam rápido! — cujas respostas ela não conseguia dar. As estrelas, por exemplo. Brilhavam, pulsavam. Uma noite estrelada em uma praia quieta e deserta é sempre maravilhoso, mas Elvira nunca tinha observado uma tão bela como aquela. Poderia até acreditar em milagres. Ou maldições. O som dos pés descalços de todos roçando na areia ecoava de modo amplificado nos ouvidos dela. Miguel Índio pegou na sua mão, sob o coro de risadinhas dos amigos. Ela não se opôs.

Ao chegarem no navio, um mal-estar envolveu todo o grupo. Até Miguel Índio deu o braço a torcer. Mal tiveram tempo de se acomodar e os garotos foram tomados por um arrepio incontrolável, uma sensação opressiva e perigosa. Um deles começou a chorar e se fortaleceu a ideia do "vamos embora". O navio! Aos olhos de Elvira, o navio-esqueleto, à luz do luar e do carrossel celeste, aumentara de dimensões. Sob a luz prata, a carcaça enferrujada tinha se transformado em uma igreja, ou em um castelo, ou melhor, na sombra de um castelo projetada pelo delírio.

— Dona Elvira!

Gritos? Vozes masculinas? Elvira se sentia distante. Passos. Uma cantilena se fez ouvir vinda de longe, muito longe...

distâncias não só do espaço, mas de confins do tempo. Elvira, diante do navio-esqueleto, estava encantada e quem sabe apaixonada. De repente, tudo se iluminou diante dos seus olhos: ela contemplou uma larga escada brilhante, conectando a terra e o mar aos céus; contemplou, em meio a névoas, homens e mulheres nos andares luminosos de um navio; ouviu cânticos secretos e barganhas; diante dos seus olhos, a praia se alterava, regredindo séculos e séculos no passado. *Não sei se é maldição, pai.* O navio ancorou ou foi capturado? Ou atraído por outra coisa, por uma natureza secreta? A noite, de repente, se contorceu e *ela* surgiu. Em meio à ruína do navio, uma figura feminina se ergueu e a encarou. Elvira entendeu que *ela* — uma forma vestindo a lama e o rancor e o sacrifício como trajes de gala — não pertencia, nunca tinha pertencido, àquela terra. Todos os garotos ainda estavam ali, aterrorizados, porém não olhavam para o navio e sim para ela, Elvira, que segurava um livro antigo numa das mãos e pressionava um punhal afiado contra o próprio pescoço. Miguel Índio fazia gestos e entoava algum tipo de reza...

Por que não...? Por que não apagar, rasgar e anoitecer de vez?

A ponta do punhal deslizou pelo seu corpo, rasgando partes da camiseta e deixando atrás de si um discreto filete de sangue. Súbito, o movimento parou. O punhal pressionava, com alguma força, a barriga de Elvira.

Não. Não aceito.

Elvira se lembrou da sua (agora sabia com certeza) filha. Juntando todas as suas forças, jogou o livro e o punhal no mar.

E toda a noite desencantou.

A lua lhe revelava pegadas. Os meninos eram reais, pelo menos. Miguel Índio, igualmente real. Continuava ali, não tinha fugido. Talvez não tenha conseguido fugir. Ele estava sentado ao lado de Elvira, o rosto tomado pela perplexidade. Também tinha visto — e ouvido — alguma coisa que só lhe dizia respeito. Elvira, ensanguentada, o abraçou com afeto de mãe-amante. Enquanto isso, o vento da praia ajudava a desatar os nós das barganhas e das escolhas.

Tecidos no jardim

Parecia a imitação de um conto de fadas: os fios brancos cobriam boa parte da praça.

Ariel queria aproveitar a luz do fim da tarde e tirar umas fotos ali — o seu primeiro dia em Campina Grande. As atrações principais da praça eram uma paineira de vários metros de altura, ao lado da qual se encontrava a segunda atração, uma casa antiga, de muitas décadas atrás, vinculada ao passado ferroviário da cidade. A casa estava fechada e arruinada. "Dos ingleses", nos explicaram. Um pouco à frente, havia uma placa, posicionada em um pedestal metálico, na qual pudemos observar duas imagens quase se apagando: uma fotografia da casa em seu auge e uma outra da sisuda família que a construiu. Pai. Mãe. Duas filhas adolescentes. E um garoto com rosto meio triste e sonhador. Textos na placa falavam de "incêndio" e "acidente". Senti calafrios. Até mesmo na placa a família desaparecia.

Logo esquecemos a casa dos ingleses, porque a paineira reinava. A grama, alguns bancos, as pedras e as plantas ao redor da árvore estavam cobertas pela brancura dos frutos da paineira, que ao desabar no chão se abrem como uma flor mumificada e espalham a paina branquíssima e perfumada por todo lado. A paisagem da praça lembra um inverno de shopping center. Ariel estava tão animada que praticamente dava pequenos saltos enquanto percorríamos o local — no que seu surrado exemplar de *A outra volta do parafuso* acabou caindo da mochila.

Suávamos.

O sol paraibano, enferrujado, e a ausência de umidade no ar, castigavam. A paineira, sem flores ou folhas, ainda com alguns frutos à espera da vez de cair, misturava os galhos cinzentos, tortos, ao cobre em chamas. A câmera de Ariel clicava cada canto da praça, enquanto eu tentava a todo custo enfiar o livro na sua mochila. A capa amassada e desbotada — o desenho de duas crianças fantasmagóricas e o esboço de sombras — ficou impresso na minha cabeça como as manchas que ficam nos olhos quando encaramos o sol de frente. Ariel puxou a manga da minha camisa. Uma planta, um elo perdido entre uma samambaia e um agave, chamava sua atenção. Aquela planta era uma coisa roliça e grave. Decidimos aproximar o rosto dela, apesar de camadas de paina terem se acumulado. Pudemos discernir três pontos laranja no emaranhado — bitucas de cigarro. Também detectamos tampinhas de cerveja.

Minha namorada deu um passo para trás.

— Tem uma coisa, tem uma coisa aí — sussurrou, gesticulando.

A paina acumulada pela planta camuflava uma larga teia, no centro da qual uma pequena aranha de patas pontudas aguardava. Sua cor, preta; o dorso, salpicado de detalhes amarelados. Ariel tinha verdadeiro horror a aranhas. No avião de São Paulo a Campina Grande, seus olhos de neta de japoneses, apesar da empolgação por *finalmente* conhecerem o Nordeste, me perguntaram duas vezes se eu tinha *certeza*, absoluta certeza de que não havia perigo de encontrarmos à noite, embaixo da cama ou dos nossos travesseiros, as aranhas enormes, caranguejeiras cobertas de pelos, que tinham o hábito de visitar a antiga casa da minha avó.

Da minha parte, não me incomodam as aranhas, desde que cuidassem da vida delas. No entanto, senti um princípio de tontura... Algo me observava de dentro da aranha, algo como um rosto perdido na infância. Me senti, como posso explicar?, *um visitante*. Quem é você, estranho?, a praça, a minha cidade, me perguntavam. Eu pisava em um novo tipo de fronteira. As pecinhas do quebra-cabeça, e os pedaços-seres, e os ocupantes dos lugares vazios, e as entidades flutuando pelos ares, corriam o risco de se aglomerar e deformar a tarde, bem como os eixos e fundamentos do dia.

Não, eu não mais estava sozinho.

Ariel, por outro lado...

Ela se afastou de mim, a máquina fotográfica balançando no pescoço. Crianças à nossa volta brincavam jogando a paina para o alto, que rodopiava no ar. Passei um tempo observando os redemoinhos de gente miúda e a paina girando e girando, até que me abaixei, peguei do chão um gomo de paina, puxei um pouco os fios e cheirei. Num impulso, joguei o gomo de paina no chão assim que percebi o quanto, à medida que eu o abria, à medida que eu o manipulava e o desfiava, insetos de um tipo que eu não conhecia se revelavam. Além dos insetos — antenas longas, carapaças, ferrões — descobri na paina minúsculas e sólidas sementes. Ou seriam ovos? Olhos negros, não humanos, olhos quase infantis. Pensei no mundo daqueles animais, um mundo para o qual eu não existia. Eu era um fantasma para esses bichos, eu era uma fábula. Eu era impossível. Isolado do grupo de crianças, um menino contemplava a árvore, apoiando uma das mãos no tronco. Seu olhar privilegiava a copa da paineira. Suponho que conversavam. A praça, e no seu coração, a árvore, tornavam a mim e a tudo ao redor uma sombra. Ariel, contrariada, me chamava:

— Vamos lá, vamos embora?

O menino, ao ouvi-la, se virou e começou a caminhar na minha direção. Enquanto caminhava, seus olhos desapareciam.

A Noiva

É como se a vitrine da loja tivesse assumido o aspecto fluido de um lago.

Papai refletido na vidraça, seu rosto antes do desmaio, me remeteu a um Narciso. Foi deste jeito: ele parou na frente da loja e empalideceu, se contorceu, desabou.

O corpo dele caiu em um movimento fragmentado. Papai perdeu todo peso que tinha. Minha memória o enxerga sumindo e se rematerializando; no fim, lá estava ele deitado no chão. E logo uma aglomeração se formou ao nosso redor.

Na vitrine da loja, apenas um manequim estava sem roupa. Era uma boneca careca e sem a metade de um braço.

Foi na frente dela que meu pai desmoronou.

Horas depois, contra todas as recomendações médicas, papai e eu bebíamos uma dose de uísque na pequena varanda do meu apartamento. Minha mãe tinha ido com minha irmã e meu cunhado comprar bugigangas na 25 de Março. Observávamos o desenho do pôr do sol em meio ao concreto. Lembrei de quando morei no Recife: a essa hora, no bairro do Pina, os morcegos da cidade já teriam saído para passear e bailar pelo céu calorento.

Meu pai, medicado e mais calmo, ainda mantinha um ar de assombro no rosto. O passado, me explicaria depois, tinha, de uma vez só, cravado os dedos na sua cabeça.

Com o rosto e os olhos avermelhados, as pálpebras um tanto caídas e o ombro encurvado, ele me contou a sua história com a Noiva.

O bairro vivia um momento de tensão.

Uma das famílias que morava ali tinha sumido. O sumiço aconteceu de madrugada. Em um piscar de olhos, não existiam mais. Abandonaram a carcaça de uma casa e um fusca na garagem. Ninguém era louco de falar daquilo abertamente. A vizinhança cochichava a respeito, mas só na privacidade de cada lar. Também sabiam que *não se devia* falar com a polícia. Pelo contrário, aliás. Papai se lembrava de ver meu avô procurando algo nos jornais ou no rádio. Obviamente, nada foi noticiado. Papai tinha uns treze anos na época. A sua família viera de São Luís e se instalara em Campina Grande alguns anos antes. Vovô tocava uma pequena mercearia na feira central e sobrevivia como podia. Vovó era dona de casa e, em segredo, cozinhava para fora e lavava algumas roupas das madames ricas da igreja presbiteriana que frequentavam. Ela nunca admitiria isso. Se alguém fizesse uma referência a respeito, ficava brava.

As coisas em casa não estavam as melhores. Vovó tinha achado, escondido embaixo do colchão do meu pai, um dos catecismos de Carlos Zéfiro. Só um desmaio em praça pública para fazer meu pai admitir algo assim. Mal consigo imaginar a cara horrorizada dela folheando páginas de sacanagem em quadrinhos, os homens e as mulheres desenhadas por Zéfiro trepando com o semblante sereno, como se fossem bonecos. Além disso, Isabel, a irmã mais velha de papai, tinha começado a andar com uns cabeludos e agora se recusava a ir à igreja. Minha tia Isabel questionava tudo e todos. Mudou o corte de cabelo e passou a se vestir de uma maneira que escandalizava os meus avós. O bate-boca entre pais e filha era quase diário e envolvia de tudo, de religião a política, passando pela vontade dela de estudar. Vovó e vovô eram contra. Pra que isso? O que ela queria fazer em uma universidade? Pior ainda: minha tia sonhava ser engenheira! Moça devia cursar isso? Bastava fazer um curso técnico, casar e, se precisasse, arrumar um emprego. Tu tens é que ajudar a tua mãe em casa; ou trabalhar na mercearia. Havia tantos pretendentes na igreja…

Fiquei do lado dos seus avós, Lucas. Achava que Isabel estava esquisita, chata, sem fé. Xinguei a sua tia, botei apelido. Mas também, eu era criança, né? Com a família desaparecida, a tensão, papai me explicou, aumentou ainda mais. Meus avós queriam prender Isabel em casa a todo custo. Na manhã seguinte ao desaparecimento, vovó entrou no quarto da tia Isabel em pânico. Abraçou e beijou a filha. Tu continuas aqui, tu continuas aqui, ela repetia, com seu sotaque maranhense. Não te *levaram*.

Papai me contou que na época não entendeu nada.

Uma manhã, a família voltou. Carros sem placa, disse um vizinho, os haviam largado em frente de casa. Durante anos, meu avô não esqueceria aquilo. Ainda lembro dele falando sobre o episódio: o pai, um homem atlético, um pouco obeso e bonachão, voltou magro, com dentes faltando e puxando de uma perna. Sua esposa passou a ter tiques nervosos e sem nenhum motivo ficava enfaixando a própria cabeça. Ninguém via as garotas. Viviam trancadas em casa e, segundo papai, às vezes da janela de seus quartos dava para ouvir um lamento. Não demorou muito e a família se mudou de Campina Grande. Papai nunca mais ouviu falar deles. Os homens de bem do bairro não conseguiam entender: nenhum membro da família era comunista ou subversivo. Ninguém fez por onde merecer aquele tratamento.

* * *

Os dois únicos amigos de papai na rua andavam esquisitos — na época, ele pôs a culpa naquela história da família desaparecida-devolvida. Enquanto durou o desaparecimento, as famílias proibiram a criançada de brincar na rua. Nada de jogo da amarelinha, pipa, futebol ou bola de gude. As esquinas do bairro se cobriam de uma camada espessa de quietude e temor. Não que meu pai e seus irmãos menores vivessem por aí. Vovó era rígida e controlava com mão de ferro os filhos. Não gostava de se misturar com os vizinhos, tinha seus orgulhos.

— Somos a única família crente nesses quarteirões, não quero filho rueiro. Papai não me criou assim! — E assunto encerrado.

Tico e Carlinhos andavam portanto esquivos. No pátio do Colégio Estadual da Prata, os dois só faziam cochichar. Quando papai, ou qualquer outro, se aproximava, a dupla desconversava, ou se afastava e ia cochichar em outro canto. Além do mais, estavam com um aspecto doentio e cansado.

Em casa, meus avós ignoraram as queixas de papai. Minha tia, não: papai era o favorito dos seus quatro irmãos menores. Ela sempre o defendia, lhe dava doces escondidos e lhe arrumava uns gibis do Fantasma, do Hulk e do Superman. Deixa só eu encontrar aqueles dois chatinhos! Eles vão ouvir poucas e boas!

Nessas horas, minha tia dava um selinho na boca de papai. Daquela vez, contudo, ele se recusou a ganhar um beijo. Continuava achando a irmã ridícula.

Tu sabe guardar segredo? Tu sabe? Ass.: Carlinhos.

Na hora do recreio, na algazarra dos alunos e alunas brincando por todo lado, os dois amiguinhos de papai o esperavam sentados na escadaria da biblioteca. Olhavam a todo instante os arredores, preocupados, as olheiras fundas. O que estava acontecendo? Carlinhos fez um gesto amistoso; Tico, porém, permaneceu imóvel, encarando meu pai de forma hostil. Tinha uma postura de cão de guarda. Papai, diante deles, balançou, meio de brincadeira, o bilhete, enquanto encarava Tico.

Vovó simpatizava com a família dos dois. O pai de Tico possuía um depósito de açúcar na feira, localizado ao lado da mercearia de vovô. Carlinhos era filho de um pastor da Assembleia de Deus. E presbiterianos e pentecostais, vovó explicava aos filhos, são, *apesar de tudo*, irmãos em Cristo. As duas mães eram donas de casa e muito religiosas, o que vovó igualmente aprovava. Carlinhos aparentava ser mais velho; tinha espichado e tomava corpo de homem. Por isso as professoras sempre o jogavam lá para o fundo da sala. Falava com voz oscilante, um rosnado de cachorro novo. Usava cabelo de cuia e óculos fundo de garrafa. Papai mal se lembrava dele, mas me disse que Carlinhos era sorridente. Eu o imagino manso, meio bobo. Tico, por outro lado, era magrelo que nem meu pai. Dentuço, talvez fosse um tanto desastrado, porque os seus treze anos o deixavam desconjuntado, guenzo, cotoveludo e mãozudo. Meu pai era o tampinha dos três. Para piorar, sua voz continuava fina. A gurizada na escola enchia o saco dele o chamando de "voz de rapariga". Vovó, ao contar as histórias da infância dele para mim e minha irmã, o descrevia como "tímido, inteligente, intelectual, um passarinho para ser protegido". Acho que ele andava, como eu fazia na idade dele, sempre olhando para baixo.

— A gente vai te mostrar um segredo — Carlinhos disse. — Tu vem com a gente?

Papai ficou em dúvida. Que danado de segredo era esse?! Vão me mostrar aqui na escola ou lá em casa? E minha mãe? Os meninos não deram explicação. Calaram. O segredo só se revelaria mediante um sim ou um não.

— Deixa ele, Carlinhos... Ele não tá pronto, não te disse?

Em resposta a Tico, papai estufou o peito, fez cara de raiva e deu a sua resposta.

No fim daquela tarde, assim que as aulas do dia terminaram, os três caminharam da escola direto até o segredo. Começou a garoar. Muitos passarinhos cantavam nas árvores; o coro se completava com o som lixa-lixa do canto das cigarras. Elas cantam, cantam, cantam até estourar, vovô dizia para papai. Talvez fosse ansiedade com a hora que voltaria para casa... O fato é que papai achou o canto dos insetos e das aves mais estridente do que o normal, quase ao ponto da agressividade. Sentia uma agonia no peito. O céu nublado, com tufos de nuvens chumbo, se assemelhava a uma concha acústica: ecos se arrastavam pelo bairro. Papai detestava levar chuva, mas não disse nada. Não citou sua mãe nem reclamou. Era homem, não era? Cabra-macho.

Chegaram ao destino: um galpão abandonado, a poucos quarteirões da rua onde moravam. O galpão e o terreno no entorno ocupavam toda a esquina. O muro que o circundava, de pedra, sobre o qual foram pintadas diferentes propagandas, era baixo. Papai tinha passado pela frente do lugar incontáveis vezes. Sua mãe falava que antes havia ali uma bela casa de um casal "riquíssimo"; vovô completava com um "ricos e gente ruim". Algo tenebroso teria ocorrido na casa, mas nenhum dos dois sabia dizer o quê. Com o tempo, a casa ficou abandonada. Foi vendida, derrubada, e um supermercado começou a construir por cima. Sem explicação, de repente a construção parou. E nunca foi retomada.

O bairro inteiro conhecia aquela história, embora ninguém admitisse sentir medo. Mas a esquina era evitada, sem dúvida. Ninguém gostava de olhar para o seu interior. Papai não podia acreditar que o tal "segredo" era aquela porcaria! Um galpão empoeirado, cercado de lixo que a gentinha (usou pela primeira vez na vida uma das palavras favoritas da mãe) jogava ali; cercado de mato, ervas daninhas. Devia ter aranha, lagartixa, com certeza escorpião!

— A gente está vindo pra cá fumar uns cigarro. É bastante sossegado — Tico confessou, num meio-sorriso que papai classificou como malicioso. Fumando que nem artistas! Não sabiam que era pecado...? Ele ficou chocado:

— Que porcaria de segredo. Vou embora.

Carlinhos e Tico se entreolharam.

Tico segurou com força o braço de papai:

— Agora não tem volta! Não inventa!

Carlinhos fez um gesto apaziguador e apartou os dois. Colocou, com delicadeza, sua mão no ombro do meu pai e disse:

— O segredo é outra coisa.

Ainda havia a luz do finzinho da tarde.

Outros garotos — contou outros nove meninos de vigília dentro do galpão — trouxeram lampiões e lanternas, que logo seriam acesos. Papai poderia nos falar da quantidade de coisas entulhadas no terreno abandonado, como os sacos de lixo, as garrafas vazias e os restos de fogueiras. Poderia nos falar dos objetos — cadeiras e mesas partidas, material de construção coberto de pó, teias de aranha e musgo. Nada disso era o mais relevante, porque no meio do galpão, encostada em dois pilares improvisados de pedra, *ela* descansava. A Noiva. Goteiras caíam do teto. O ar estava carregado de cheiro de terra, bem como de um perfume doce — um incenso queimava perto da Noiva.

Ela se espalhava. Por todo lugar. A Noiva habitava as pupilas dos garotos. As palavras deles. Os silêncios deles. A Noiva escorria através da água das goteiras; ela distorcia a vegetação do galpão. Papai me disse ter sentido a Noiva também ao seu lado. Não como algo consciente: eu ainda não sabia de nada nessa idade, Lucas. Só que agora, olhando através da vitrine, ele a enxergava no tempo passado, a enxergava como uma companheira.

Como era jovem! Jovem como a sua irmã Isabel. Devia ter a mesma idade dela, ou ser um pouco mais velha. A Noiva estava totalmente nua e fria. Pés sujos. Joelhos arranhados. Lábios roxos; marcas-manchas estranhas ao redor do pescoço; olhos vazios, apagados, fixos em direção ao teto. A Noiva tinha cabelo muito escuro, longo, que descia sobre os ombros e cobria um pouco os seios. Quando papai percebeu, em meio ao cabelo adormecido, um dos mamilos, virou o rosto. Plantou o olhar na direção dos próprios pés; não resistiu, porém, e olhou novamente.

Ela só tinha a metade de um dos braços. A única mão, rígida e desconexa, lembrava as patas de um caranguejo.

Na cabeça, alguém tinha colocado uma coroa, tecida com uma mistura de flores secas, palha e casca verde de milho. A seus pés, presentes. Os garotos se sentavam, se acocoravam, ou se ajoelhavam ao redor da Noiva, um pouco distantes do semicírculo de presentes trazidos por eles próprios. Apenas papai, Tico e Carlinhos continuavam de pé. Papai não conseguia deixar de encarar aquela mulher. *Mulher*. Repetiu a palavra várias e várias vezes. Aquele corpo um dia fora cheio de calor e pulsações. Era diferente dos catecismos e das outras revistinhas de sacanagem? Das fotos, sujas de graxa, pregadas nas paredes das mecânicas e borracharias e que papai fingia não ver? A Noiva, a vagina peluda largada entre as pernas imóveis, parecia um desenho, uma boneca, uma perfeição. Eram assim, as mulheres? Papai só conhecia, na prática, duas: a mãe e a irmã. Não conseguia largar a visão do meio das pernas.

Sentiu vontade de chorar. O choro ficou preso na garganta. Como ousaria chorar na frente dos outros? E da Noiva?

Um rosto de conto de fadas, das bruxas bondosas e más.

Um rosto — selinho na boca — com os lábios semiabertos, bastante tortos.

Perto do muro, papai vomitou. Do estômago saiu um líquido esquisito, da cor da fome.

Estava agitado demais para lembrar que não comia fazia horas. Já era noite. Parou de chover e sobrou a umidade boa de chuva recente, misturada com o friozinho noturno de Campina Grande. O céu era um espetáculo, todo salpicado de estrelas. Ao rés do chão, porém, tudo girava e girava. Papai teve medo de desmaiar (ou teve medo do medo do desmaio). Ouviu passos atrás de si; alguém o abraçou: Carlinhos. Com a mão livre, o amigo tocou na cabeça de papai e remexeu seus cabelos. Em seguida, o largou. Seu hálito estava forte.

— Tu gostou da coroa na cabeça dela? — perguntou, cheio de orgulho.

— Sim… Sim… Bastante, muito… elegante.

— Tá tudo bem, Zacarias?

— Sim, eu… Nossa, como…?

— Achamos ela faz uns dias. A gente tá vindo aqui todo dia. Até sonho eu já tive, tu acredita? Fico sonhando com a nossa Noiva.

Os dois se encararam. Nada precisava ser dito: Carlinhos especulava se papai cumpriria o contrato. Papai agora fazia parte de algo muito maior do que a rua onde moravam, do que as lições e as aulas da escola. Maior até do que o culto da igreja, as orações — joelhos no chão, punhos cerrados — nas manhãs de escola dominical. O que aconteceria se a confiança fosse traída? Pensou em Tico. A Noiva: papai não se sentia preparado para pular o muro de volta à rua e à vida. Ainda não. O galpão e o terreno, enxergava-os com outros olhos. Sentia uma paz boa, uma beleza nos olhos fechados daquele abandono todo. Uma força invisível — essa força tinha nome? — retomava de volta aquele espaço, infiltrando-se nas frestas do concreto e do metal.

Dentro, porém, da quietude, da nova beleza que papai entendia pela primeira vez na vida, havia um coração agitado. Dentro desse coração fulgurava, insone e latente, a Noiva.

A Noiva ganhou de presente sandálias de couro, kit de maquiagem furtado de alguma mãe ou irmã, uma bola de futebol, vinis, bonecos, uma camisa do Treze Futebol Clube, além de muitas flores colhidas nos quintais da vizinhança. Assim que voltou com Carlinhos para dentro do galpão, papai me disse que presenciou um empurra-empurra. Tico e um dos outros garotos (o único negro do grupo) se xingavam e trombavam um no outro. Claramente havia dois grupos distintos em confronto, um liderado pelo amigo de papai e outro pelo adversário. Carlinhos correu e se meteu no meio dos dois. Exigiu respeito e apontou, raivoso, para a Noiva. Os dois líderes se encolheram e se afastaram, cada um acompanhado do seu time.

Papai não sabia onde ficar, como se comportar. Acabou sentando em cima de uns tijolos abandonados, não sem se certificar antes de que não havia nenhum bicho perigoso ali. Espirrou por causa da poeira — os garotos o olhavam e riam, ou faziam cara feia.

Os dois grupos, separados, cochichavam. Só Carlinhos não se misturava. Ficava o tempo todo de joelhos, o olhar fixo na Noiva.

Tico se aproximou. De cócoras ao lado de papai, perguntou:

— Tu viu as marcas dela?

Sim, as marcas no pulso, as marcas nos calcanhares, o mistério das manchas em seu pescoço.

— Tu sabe que mulher gosta é assim? Meu primo que me disse.

Ele falava, claro, de sexo, e disso meu pai possuía alguma noção; ao mesmo tempo, não entendia o que Tico queria dizer. Seu amigo se levantou e simulou a cavalgadura de um animal numa vaquejada. Deu uns tapinhas imaginários no ar.

— Ela era safada...! — cochichou no ouvido de papai, enquanto verificava se Carlinhos não o ouvia.

Unidos ao redor da Noiva, comprometendo-se a zelar por ela e acolhê-la, o grupo de meninos, papai logo percebeu, estava a ponto de sofrer uma cisão. Discordavam sobre ela. Quem era aquela mulher? O grupo de Tico a imaginava uma mulher que gostava de usar vestidos vermelhos, calcinha apertada na bunda, calcinha rendada, e que vivia nos forrós e nas festas; Tico falou a palavra *puta*, mas *do bem*; depois, emendou um *puta santa*; o nome da Noiva, com certeza, seria Madalena. Apontou para um dos meninos do seu time: aquele ali estava falando umas safadezas da Noiva, só que Carlinhos percebeu e quase quebrou a cabeça dele com uma pedra... Safada, safada, safada — Tico repetiu desse jeito, três vezes, cada palavra cheia de saliva, cada palavra lançada no chão igual a uma cuspida.

O grupo adversário, liderado pelo garoto negro, contava outra história. Chamavam a Noiva de Mariazinha. Falavam de virgindade, embora não entendessem bem por quê. Ela ajudava os mais necessitados. Veio do interior para trabalhar em casas de família. Passou por sofrimentos, mas sem tirar do coração nunca, nunca, o amor a Jesus. Usava branco o tempo todo. Talvez os anjos a tivessem depositado ali no galpão. Ou os anjos a teriam largado na nossa cidade para nos ajudar? Ela agora seria capaz de realizar milagres... Teria sofrido um acidente, coitada. Deitou no galpão por nosso bem, deitou para cuidar e ser protegida por seus meninos.

E Carlinhos? Depois de conversar com todo mundo, papai se aproximou do amigo. Com muito cuidado, mas sem habilidade nenhuma, ele maquiava a Noiva. A luz caramelo dos lampiões oscilava — um caleidoscópio de sombras se derramava no chão abandonado (folhas, azulejos fraturados, terra, plástico, poeira). A sombra da Noiva, no entanto, possuía pés de pedra.

— Tu quer? — O batom se oferecia, um tanto trêmulo.

Carlinhos tentava criar um "sorriso de moça" na cara da Noiva. Papai foi se inclinando em direção ao rosto dela, mais e mais... havia uma voz nos seus lábios? As vozes vinham dos garotos: alguém tinha puxado um coro de pai-nosso e a oração, declamada em tom emocionado, suturava os dois grupos. E lá se encontrava meu pai inclinado, um animal hipnotizado se olhando no espelho, e o batom erguido entre ele e os olhos vazios, esbranquiçados. Um odor inexplicável, inverossímil, superava a pesada fumaça dos incensos; meu pai percebeu as asperezas na pele da Noiva, percebeu a rigidez, percebeu as marcas das veias, semelhantes às estrias das folhas largas. Papai se esforçava em agradar o amigo, em ajudar a Noiva. Ela merecia tudo de bom, tudo de melhor; ela merecia ficar bonita eternamente. Um embrulho no estômago, contudo, paralisou o seu braço.

Frustrado, sentou no chão. Em nenhum momento desviou a atenção da Noiva. Com a boca semiaberta, o batom ainda na mão, sentou diante dela, enquanto o pai-nosso era repetido pela terceira vez. Carlinhos pegou o batom de volta. Acariciando os cabelos dela, repetia:

— Ela é uma porcelana, não é, Zacarias?

Não ouviu resposta. A tontura voltava. Acho que papai se apaixonava pela Noiva: era, a seus olhos, a perfeição. Sombria, quieta, nua. Os cabelos nos ombros — santa e profanada.

Um projétil rasgou o ar — Carlinhos e papai mal puderam se proteger da chuva de pedra, barro e merda que tomou conta do galpão. Os dois grupos se xingavam e gritavam; papai foi empurrado para o chão por Carlinhos, cujas mãos seguravam uma barra de ferro.

— Venha me pegar quem for homem! — Ele urrou.

De um lado e do outro, alguém chorava — sangue.

A confusão continuou: os meninos se atracavam, enquanto Carlinhos distribuía bordoadas por todo lado. Papai se encolheu, tentando se esconder num lugar menos iluminado; a tática podia ter funcionado, não fosse o puxão no pé — Tico arrastava papai, que gritava em pânico, arranhando o chão, de volta à peleja.

De repente tudo parou, porque Carlinhos, rasgão aberto acima de uma das sobrancelhas, do qual saía bastante sangue, tropeçou e caiu no colo da Noiva. Silêncio total. O menino deu um pulo — de terror, asco, reverência? — e se afastou dela. Papai observou, aliviado, a guerra pausar. Todos os soldadinhos observavam a Noiva. Todos envolvidos em uma nuvem de torpor.

Quando notaram um movimento, gelaram de medo. *Alguma coisa* se mexia e parecia se levantar.

Não era, contudo, a Noiva.

Uma forma de mulher, uma forma totalmente misturada à escuridão da rua.

— Zacarias?

Era minha tia Isabel. Logo atrás dela, vinha um policial (os meninos se apavoraram ainda mais quando o viram). Um dos vigias do bairro percebera uma movimentação estranha no galpão — as famílias nos procuravam fazia horas, filho, desesperadas. Foi por insistência da minha irmã que um dos policiais decidiu verificar o galpão com ela.

— Que confusão é essa, meninos?

Ninguém respondeu.

Sua tia, Lucas, é por isso que amo tanto a sua tia... porque ela logo notou a Noiva, logo notou o que acontecia. Isabel depois me diria que se chocou com a cena, porém disfarçou bem na hora, até porque ela odiava polícia, não queria mostrar fraqueza na frente do policial. Caminhou até a Noiva e se agachou diante dela com profunda empatia e uma expressão de lamento.

O momento teria durado eternamente, mas Isabel estendeu a mão e conseguiu fechar os olhos da Noiva.

— Vocês não perceberam, seus bobocas, que ela está morta?

Carlinhos, Carlinhos!, soltou um *eca* e começou a se esfregar todo, tentando se limpar. Morta. Algo se estilhaçou. A Noiva, morta. Apenas naquele momento entendemos melhor o cheiro que vinha daquele corpo. Todos nós — Carlinhos e

Tico, especialmente — acordávamos. Vocês estavam com cara de sonâmbulos, minha irmã me disse depois.

Sonâmbulos.

Papai abraçou, aos prantos, minha tia.

As outras luzes já se acendiam, ao passo que os mortos e os desaparecidos se encolhiam nos cantos secretos daquele galpão.

Anna e seus insetos

Enquanto o inseto voava em círculos pelo quarto, Anna, encostada na cabeceira da cama, o copo de água, suado, cheio de gelo, ao seu lado... enquanto o inseto circulava, Anna ponderava se, como já dizia Clarice, aquela seria uma hora perigosa. Era preciso fazer alguma coisa, urgente, em relação ao inseto, mas de que maneira, e com que forças Anna conseguiria se mover de onde estava? Não se tratava só dos problemas recentes, mas do "Tá bom". Sim, *aquilo* a tinha derrubado, embora não soubesse explicar por quê.

O inseto estava doidinho, desvairado, sem senso de direção. Ela tentou confirmar se o que voava não era uma abelha, ou uma vespa. Suspeitava que houvesse uma colmeia na altura de um dos apartamentos, abaixo ou acima do dela. Semanas antes, uma abelha tinha se escondido ao lado do seu mouse. Foi picada assim que o tocou. Primeiro, a informação visual — tem uma porra de uma abelha na minha mão; depois, uma pontada misturada ao susto; Anna sacudiu e sacudiu a mão, e o inseto não desgrudava; a dor virou uma agulha afiada entrando ainda mais fundo — até que a abelha a soltou. Anna visualizou uma reação alérgica: a garganta, inchada e rebelde, envenenada pelo suicídio furioso da abelha. Correu para tomar um antialérgico; ligou para a irmã e anotou o nome de uma pomada, prontamente encomendada, por telefone, na farmácia mais próxima. Nada mais preocupante aconteceu, além da dor, embora nenhuma dor, nenhuma, de fato seja "nada" — Anna respeitava as dores. Com esforço ergueu o corpo, sedenta; assim que tocou no copo, o inseto, num belo voo camicase, caiu na água. Anna achou engraçado: há insetos que vêm para o bem.

Duas e quarenta e cinco, piscava o despertador na mesinha ao lado da cama.

Não tinha tomado café da manhã e passava da hora do almoço.

As compras do mercado estavam largadas em algum lugar da casa.

"Tá bom." — A memória da frase continuava ecoando. Massageou o pescoço, esticou as pernas e os braços. Sentada na cama, matutava. Onde estavam as pantufas? Sentia, de repente, horror a elas, duas aberrações felpudas do tamanho dos seus pés. Melhor tentar encontrar as havaianas surradas. Acariciou um dos pés; em seguida, o outro. Aproximou o nariz e fez uma careta — chulé forte. Desde criança ela e a irmã chamavam, e Anna não fazia ideia de onde tinham tirado isso, o chulé de "cheiro de tubarão". Esse teu pé tá um tubarão!, diziam uma para a outra.

Os pés pisaram com firmeza no chão de taco. Se Anna pudesse, e às vezes ela queria fazer isso *mesmo*, arrancaria todo o taco com as mãos. Foda-se como iam ficar as unhas. Pode um casamento não concordar nem com o próprio chão no qual se pisa? Mas o problema sempre foi esse. A obsessão dele em ser autêntico, o mais autenticamente autêntico dos homens, isso desde a época da faculdade, quando namoravam. Quase tudo soava falso para aquele estômago delicado. Anna se perguntava se tinha chegado a vez dela, se ela tinha perdido, aos olhos dele, a aura da verdade. Moravam em um amplo e antigo apartamento, restaurado, no centro de Recife. O edifício era habitado por poucos idosos, que viviam ali havia décadas, e por uma recente leva de jovens casais abastados, héteros ou gays. Anna gostava do vento. Gostava da visão, proporcionada pelos janelões da sala e dos quartos, do rio e do mangue; gostava, enfim, de algo que só encontrava ali, na região do Recife Antigo; chamava de autenticidade, chamava de assinatura — um clima de todo diferente do mundo de coberturas e shopping centers de Boa Viagem, onde nasceu.

Seu marido, sempre que recebiam visitas, fazia questão de frisar o senso de "justaposição histórica" e as "camadas narrativas" que a elevada contemplação da arquitetura do bairro lhe transmitiam. O monólogo terminava com poemas de Cabral, de Bandeira e exaltações ao frevo, aos sobrados coloniais e à astúcia dos cobogós. O Recife não é mais como antigamente, dizia. O Recife de verdade morreu ali pelos anos 40, 50. O que as visitas de fato pensavam a respeito dele, a respeito dos dois juntos há tantos e tantos anos? Sua irmã atualmente se recusava a pisar ali. Os pais dela tinham morrido, com pouco intervalo de tempo entre um e outro, havia alguns anos. À noite, o marido voltaria do trabalho acompanhado dos sócios da clínica. Bem que podia fazer alguma coisa, dizer qualquer coisa para escandalizar o Senhor Estômago Delicado, de quem, estava convencida, os amigos — os "amigos" — riam pelas costas em meio à fumaça dos baseados, do ácido e das análises de conjuntura.

Uma música agora cairia bem. Ainda tinham gostos semelhantes, mas por que se irritava tanto com a vitrola retrô e o superequipamento de som recém-instalado na sala? A coleção de vinis, a coleção *dele*, combinava com as xilogravuras penduradas na parede, combinava com as estátuas de madeira de artesãos sertanejos, combinava com os pôsteres de Pink Floyd, Caetano e Reginaldo Rossi. Sim, Anna pensava, eu total arrancaria a porra do taco. Eu arrancaria ao som de algum pop merda dos anos 90, tocado bem alto na caixinha de som do meu celular.

Mas e o inseto?

A criatura estava morta. Pegou o copo, mas sem olhar dentro. O inseto? Vagava à margem da água, à margem do quarto, à margem do apartamento — casca. Ela atravessou a sala — pés descalços flutuavam pelo taco — e chegou à cozinha, toda equipada com os mais sofisticados utensílios. Ali o chão era todo branco, coberto de porcelanato. Aproximou-se das duas pias, atrás das quais havia janelões abertos. A água e o inseto oscilaram dentro do copo. De repente, Anna soltou um grito — e o copo se espatifou no chão. Dentro da pia, entre a louça suja, havia um besouro enorme, totalmente negro. O inseto, de ponta-cabeça, sacudia, humilhado, as patas.

A água agora molhava os seus pés.

Não queria se cortar, nem escorregar no chão, bater a cabeça em alguma quina e morrer balançando os braços e as pernas que nem um besouro. Pegou uma porção de guardanapos e enfiou a mão lá dentro. Se o copo já era meio que um poço, a pia — um pouco da sua pele morena-clara roçou no metal frio — lhe transmitiu uma sensação ainda maior de profundidade. Enxergou-se estrelando uma comédia de terror, cuja cena principal seria o seu corpo mergulhando na pia e desaparecendo.

Balançou os guardanapos, o braço esticado do lado de fora dos janelões, e libertou o besouro. Talvez tenha ouvido um zumbido, que traduziu como agradecimento. Não sabia se na balança cósmica das coisas um besouro pesava muito. Qualquer piedade vale por si só? Melhor salvar crianças, besouros ou elefantes? Não acreditava em cristos ou marias. Pensava vagamente em energias, freios e contrapesos, em compensações. Gostava da ideia de reencarnação, nisso convergia com o marido. Sua irmã a chamava fazia muito tempo para frequentar a umbanda — havia algo de essencial na religião, mas igualmente algo que a assustava. Nunca admitiria isso em voz alta, ainda mais para ele... Sua irmã a compreenderia. E faria uma série de considerações ponderadas, gentis e psicologicamente fundamentadas, a respeito do "peso da nossa criação" e do que "trazemos conosco do passado". Anna sempre se achou charmosa por viver mais à deriva do que a caçula, por tentar mudar o tempo todo, por não ter aquela solidez tão típica da outra. Agora, não tinha certeza se era tão interessante assim.

Pensava em tudo isso quando, naquele dia, acordara cedo (a contragosto).

No lugar do marido, havia, ao seu lado, ondulando sobre os lençóis amassados, duas manchas de luz. Vazavam da fresta das pesadas cortinas do quarto do casal. Nas últimas semanas, levantar, sair, pisar no chão, se jogar para a luta cobrava um preço muito grande do seu corpo. Anna, a cada manhã, afundava em sua cama. O marido andava acordando mais cedo do que de costume — "Não quero te incomodar, amor" — e passou a chegar o mais tarde possível, muitas vezes quando os remédios já tinham surtido efeito e ela estava apagada. Embora a pressão nos hospitais tivesse melhorado — o marido falava, aliviado, da iminência da desativação dos hospitais de campanha —, ele insistia em pegar o máximo possível de plantões. Anna queria reclamar, volta e meia, das ausências, mas trancava tudo dentro do peito. Ele sempre foi dedicado aos pacientes, verdade seja dita. Em tempos difíceis como esses, Anna se sentia mal de atrapalhar.

Esticou o braço, apalpou o ar até achar o celular. Olhou o zap, as redes sociais, e-mails. As mensagens de preocupação e apoio tinham escasseado. Era natural. Mais de um mês se passara. Uma amiga próxima tinha mandado umas palestras motivacionais durante a madrugada, falando de "empreendedorismo", "mindset", "harmonia vibracional", "vencedores". Anna ficou com vontade de mandar umas fotos de pinto em resposta.

Vestindo uma das suas camisolas preferidas e recém-presenteadas pelo marido, sem calcinha e sem sutiã, Anna se perguntou o que fazer para inventar o dia. Primeiro, luz. Abriu as duas camadas de cortina do quarto, não só o cortinado opaco e denso, mas também as cortinas quase transparentes, leves como roupinhas de gnomos; seu rosto fez uma careta, seus olhos quase se fecharam. Aos poucos, a cegueira da luz diminuiu e o quarto voltou a ser reconhecível. Juntou forças, e lá vamos nós para uma arrumação geral. Tinha dispensado a empregada. Ainda lhe mandava alguma ajuda financeira mensal, um terço do que originalmente pagava por mês. Comprou um robô desses que limpam a poeira do chão e que parecem besouros mecânicos. Assumiu a missão, reforçada no último mês, de dar conta da casa. Quando tudo melhorasse, a vacina etc., aí decidiria o que fazer.

Deu uma olhada na sala, nos dois escritórios, nos quartos. Na cozinha, alguma louça suja. Visitou a despensa e a área de serviço. Agarrou uma das vassouras e com passo apressado voltou para a sala. Não sentia, porém, energia para começar a varrer. Lembrou da geladeira. Abriu-a e percebeu um cheiro ruim, algo se estragava. Perfeito: hora do supermercado, comprar uns presuntos, uns frios, talvez uns sucos detox também. Uns petiscos para as visitas mais tarde.

Pôs Nirvana no fone de ouvido — queria se sentir intensa —, pegou o elevador e saiu. Na rua, pessoas para lá e para cá. Algumas sem máscara, o que irritava Anna profundamente. Ela muitas vezes se segurava para não começar uma briga no meio da calçada. Desviou de alguns moradores de rua no caminho e entrou na galeria onde ficava seu mercado favorito. Apreciava a tipografia da placa na qual se lia o nome do estabelecimento, assim como achava agradável a iluminação interior e as estruturas internas de metal, plástico e madeira. Flanou por entre marcas de tofu, cogumelos reluzentes, ovos produzidos por galinhas felizes, ovos produzidos por não galinhas, vegetais com consciência política, chocolates identitários.

Do lado de fora do mercado, ainda dentro da galeria, duas sacolinhas em cada mão, Anna podia afirmar um sim, sim, sim. Animava-se até para preparar alguma coisa em casa e quebrar o jejum das últimas manhãs. A luz do dia, para Anna, não era mais uma lâmina. Pelo contrário. Sentia um acolhimento vindo do lado de fora, apesar de tudo estar de cabeça para baixo.

— Senhora? Gostaria de conhecer uma oferta?

O quiosque da empresa telefônica ficava logo na entrada da galeria. Como não reparou nele antes? A moça, um pouco mais baixa e de pele mais escura do que Anna, aparentava sorrir atrás da máscara. Ofereceu propostas e serviços, o folheto na mão esticado diante do próprio nariz.

— Não, obrigada — Anna respondeu.

A moça do quiosque, porém, insistiu. A oportunidade, enfatizou, era imperdível. Por que não...

— *Não* — Anna disse.

Os olhares se encontraram.

A vendedora abaixou o rosto. E disse:

— Tá bom...

Recolheu o folheto e voltou a se abrigar atrás do quiosque.

Anna se sentiu como num atropelamento. *Tá bom.* Tá bom: a frase naquele tom de voz baixo. Se ela pelo menos não tivesse abaixado o rosto... Anna estava do lado de fora da galeria. Tá bom? Chegou a pensar em dar meia-volta e pegar, *pelo menos isso*, o folheto com a vendedora. Não. Melhor ainda, vou assinar o serviço, mesmo não precisando de mais canais. E nem TV eu ligo mais! Anna caminhava zonza, cambaleante. Em casa, jogou de qualquer jeito as duas sacolas em cima de uma das mesas da sala, pegou um copo de água e se recolheu, derrotada, na cama, até o inseto começar a bailar pelo quarto e cair dentro do copo...

Mas agora, *agora*, em pé na cozinha molhada, Anna chegava à conclusão de que talvez não tenha sido nada de mais. Cada profissão tem seus ossos do ofício... Ela própria, quando, adolescente, fez seu intercâmbio no exterior, não tinha passado por constrangimentos trampando em lojas de roupa?

Foi um movimento do pé esquerdo que tingiu o chão. A cor chegou segundos antes da percepção do corte. Uma dor terrível, só não pior do que a visão do sangue se diluindo entre os pés das cadeiras da cozinha. Com o rosto deformado pela careta de dor, Anna puxou uma das toalhas de mesa e a amarrou, gestos vigorosos, no pé.

Caminhou até a sala, pressionando o calcanhar do pé ferido no chão, e se jogou em um dos sofás, tomando cuidado de não manchar o tecido. O banheiro do quarto estava longe, longe demais. Teria de atravessar tudo, passar por um corredor, por algumas portas, limpar a ferida, verificar se não ficaram pedacinhos de vidro na carne. Batia o punho cerrado na coxa da perna machucada; batia com força; socou e socou e socou até não aguentar mais e gritar. O grito de minutos antes, quando largara o copo no chão, tinha sido breve e agudo. O segundo grito possuía o tempero da raiva extrema; não nascia somente da dor, e sim das semanas passadas; nascia do chumbo, nascia das correntes na cama.

Enquanto enxugava os olhos com a manga da camisa, percebeu um movimento de pluma no sofá. Uma aranha, pequena, marrom, quase camuflada, passeava bem perto de sua mão. Odiava aranhas! Bateu bem forte no sofá, mas a aranha não reagiu como o esperado, simplesmente manteve a posição de combatente experiente e determinada. Anna vislumbrou mais duas, depois três, quatro aranhas saindo das dobras do sofá, as patas finíssimas e velozes em correria. Na sua cabeça surgiram histórias de marcas na pele, de aranhas saltadoras, de peçonhas, venenos, ataques. Qual era aquela espécie perigosa, comum em casas e da qual ouvira falar? As pluminhas ameaçadoras, quase irreais, sumiam e reapareciam na superfície do sofá. Anna se levantou de supetão, o que a deixou tonta. O pé ferido, amarrado, lhe pesou. O laço no pé estava encharcado de sangue.

— Acho que não tô bem.

Procurando o banheiro, acabou entrando no escritório, onde ficava a biblioteca dos dois. Se um dia se separassem, a negociação dos livros seria a questão mais delicada. Ela pegaria para si em especial os livros mais preciosos, os que sabia serem os favoritos da coleção dele... Mentira. Nunca que vai ser assim: ele pega o que quiser e eu só vou ficando com o resto. No teto, perto da lâmpada, três mariposas enormes repousavam. Anna arrastou o ombro pela fileira de uma das belas estantes de madeira, que se prolongavam até o teto. Alguns volumes foram caindo no chão.

— Desculpa, desculpa, livros — sussurrou, chorosa.

Recolheu, do jeito que dava, os livros, mas um deles caiu no chão outra vez e se abriu — páginas totalmente em branco. O que havia de palavras lá dentro, o que pudesse existir de frases, conhecimento, imagens, tinha sido apagado! Anna não conseguia entender. Trêmula, a boca seca, folheou página depois de página.

Nada. Foi quando desmaiou.

Apoiada nos cotovelos, se ergueu com dificuldade. Um gesto brusco fez o pé ferido latejar. A coisa ainda estava ali. A coisa real. Já era noite? Conferiu o relógio de pulso elegante, cujo visor agora estava rachado. Não tinha ficado desacordada tanto tempo assim. Uns vinte minutos, mais ou menos.

Então entendeu: a escuridão, a sugestão de escuridão, o ritmo da escuridão, aquilo que na sua visão inicial, confusa, oscilante, acreditara ter enxergado no teto como uma noite, nada mais era do que um acúmulo considerável de novas mariposas, para além daquelas que se lembrava de ter visto antes de desmaiar. Sabia que não lhe fariam mal. Anna só desejava que as mariposas parassem de capturar toda a luz da tarde... Elas nublavam a biblioteca como se fossem a anunciação de uma chuva forte, guardando na barriga a boa vontade do sol. Além disso, se agitavam. Mais do que o normal. Balançavam as asas com frequência, a ponto de Anna identificar um padrão. As asas, abrindo e fechando em sincronia imperfeita, davam instabilidade ao teto. Um teto ao vento. Além disso, se desgarravam do bando e sobrevoavam a biblioteca, dando rasantes perto da sua cabeça. Uma quase entrou no seu olho.

Precisava do banheiro. Atravessar tudo e, mancando, sangrando, sarar. Dentro da ferida sentia as pontadas do vidro, elas não deixavam o sangue sossegar e cicatrizar. Quantos cacos lá dentro? Lembrou que guardava uma pinça, das boas, dentro de uma das gavetas.

Repetindo o movimento de antes, o pé ferido apoiando todo o peso da perna no calcanhar, saiu como pôde, desengonçada e ferida, do recinto.

Mas os bichos já tinham tomado tudo. Não apenas as aranhas sobre os sofás da sala. Mariposas e borboletas amarelas ocupavam o teto e imitavam o voo das colegas na biblioteca. Nas paredes, o tráfego, quase organizado, de inúmeras fileiras de formigas miúdas e ansiosas. Eram tantas linhas verticais de formigas que observá-las tinha um quê de espetáculo, como se o principal emprego delas fosse o de ser um papel de parede em movimento.

Pelo chão, insetos redondos, insetos esverdeados, insetos semelhantes a fortalezas em miniatura; insetos delgados, quase vegetais, insetos pontudos, de presas ameaçadoras; insetos: triangulares, sinuosos, circulares. Muitos eram monocromáticos; outros, escuros; outros ainda exibiam cores intensas, com manchas que, é possível supor, escondiam um código. Alguns insetos não se moviam. Outros ziguezagueavam pelo chão alucinados, fugindo de predadores imaginários. A maioria, porém, caminhava casualmente — turistas aproveitando o passeio.

Problemas práticos precisavam de resolução. Um besouro, ou cem, a essa altura, importava? Se tivesse tempo de se importar, Anna teria se sentido tola por se incomodar com o inseto no copo, por ter gritado com o besouro gigante estrebuchando na pia. Os insetos tornavam a distância até o banheiro ainda mais longa, isso é o que importava. E a dor no pé continuava, embora com uma sensação bem diminuída de sangramento. Puxou para si uma cadeira, de um conjunto de cadeiras que circundavam uma pequena mesa de centro. E se sentou, exausta. Precisava recuperar as forças, precisava acordar, precisava de ar. Havia muita caminhada à frente, o pé rasgado. Manchas, rostos, uma lixa de vidro raspando sua carne. Lembrava da vendedora, lembrava dos amigos do marido, lembrava da irmã, dos pais.

Anna, pela primeira vez em muito, muito tempo, olhou para si. Não como em um espelho, mas como no primeiro nome de um nascimento. Passou a observar os insetos. Escolhia um deles e acompanhava seus movimentos ou sua imobilidade. A cada inseto, Anna se aprofundava num aprendizado sem palavras e sem sabedoria. Era um estado de tenso repouso. O maná da mágoa que, após se agitar na tempestade, aos poucos desce até a terra, repousa, se desfaz, esfarela, silencia. Anna não tinha encontrado — nem buscava algo assim — a salvação, ou uma evolução qualquer. Mas ela *entendia*. Os medos... esses sim gostam de se fechar em conchas e ali, diante dela, estava a vida nua do dia, a vida fervilhante.

Dormiria de bom grado na cadeira, contudo se levantou. Precisava de fato chegar até o fim. Mancando, sentindo a umidade do sangue voltar, atravessou, sem se importar com os insetos, toda a casa. Um rastro seu sujava o chão; Anna se recusou a olhá-lo. Atravessou a casa no passo mais acelerado que pôde, como os vilões feridos perseguindo as heroínas no final dos filmes violentos. Com alívio, chegou no banheiro — a dor voltou forte. A luz do banheiro piscou algumas vezes, zumbiu e se acendeu. Ela tateou a bancada até abrir a gaveta.

Lá estava: a pinça prateada.

Sentou na privada e com esforço apoiou o pé ferido na coxa.

— Ai, que saco.

Tinha esquecido de desinfetar a pinça. Tem álcool aqui, pelo menos? Dentro de um dos armários do banheiro devia ter, sim. Apoiando o corpo todo na pia, procurou e afinal achou.

Agora sim.

Derramou álcool de qualquer jeito na pinça. Foda-se, depois limparia tudo, varreria água, líquidos, sangue, insetos, aranhas. Desenrolou o tecido sujo e encarou bem a ferida aberta. A massa de tecido e sangue fez um ploft molhado, denso, ao cair no banheiro. Sentia, por dentro, o corpo estranho, os cristais afiados a machucando. Pegou a garrafa de álcool, o braço tremendo. Prendeu a respiração. Mordeu os lábios. E jogou o líquido na ferida.

— Puta que pariu caralho.

Achou que desmaiaria outra vez. Mas depois do choque da dor, a trombada violenta e devastadora, a coisa diminuiu tão rápido como chegou. Permaneceu uma ardência, porém num nível suportável e até bem-vindo. Que bom sentir essa dor, que bom, era bom que nem aquelas manchas de luz ocupando a cama do marido. A dor hipnotizava e apagava a sua cabeça. Era um desses prazeres sobre os quais os livros proibidos falam — Anna respirava em golfadas fortes, fortalecedoras.

Centímetros antes de mergulhar na carne, a ponta da pinça oscilou. Precisou usar o outro braço para fortalecer o gesto. Anna sabia que devia ter pelo menos dois pedaços de vidro lá dentro. Mexeu na ferida com cuidado, evitando movimentos bruscos. A ferida voltou a escorrer. Não suportava olhar diretamente, tinha medo. Confiava no seu toque, na percepção do som úmido; olhava com o canto do olho, o suficiente para um esboço geral da operação. Ah, *ali*. Achou. Era um fragmento enorme! O cercou com cuidado. Quando encaixou com segurança a pinça no objeto, fechou os olhos.

Foi puxando, puxando. Que agonia, o vidro não saía. Teve medo de cortar algo, alguma veia, pensou em sangramento súbito, fluidos esguichando sem controle... Lembrou dos filmes de terror trash a que assistia na adolescência, as unhas retorcidas de Zé do Caixão lançando maldições para os telespectadores. Ele agora a encarava, olhava nos olhos dela e dizia: deixa de ser ridícula, Anninha. Você não é tão importante assim para morrer nessa história.

Um puxão mais enérgico — só um pouco de pressão acima do que estava fazendo — e o objeto saiu de uma vez.

Mas vidro não se mexe sozinho; o que tinha retirado dali de dentro, sim.

Extasiada, Anna observava, bem na altura dos seus olhos, o espécime se contorcendo freneticamente. Um inseto com jeitão de besouro, da cor dos mármores mais escuros, mas com algo esverdeado no dorso, dependendo do ângulo do qual se observava a luz deslizando pelo seu corpo; um inseto viscoso, se debatendo entre as pernas de metal que o prendiam. Anna se sentiu bem melhor, mas o mesmo não se podia dizer do coitado do besouro. Um contrato se encerrava: o compromisso de Anna de mergulhar. Agora, agora sim: se permitia ir a um hospital, porque conseguira mancar até o banheiro, conseguira a amizade dos insetos, conseguira expelir o invasor de dentro da ferida. Um hospital — não queria o marido mexendo na sua perna, não depois de ter compreendido tanto.

O barulho metálico da pinça jogada na cuba da pia ecoou. O ralo, os respingos de sangue. O inseto tinha se acalmado. Tateava, sujo e derrotado, o espaço curvo ao redor da pinça abandonada. Antes de ligar a torneira, recolheu-o com um papel higiênico e o colocou em cima da pia. Lavou a pinça, lavou a cuba, lavou o pé ferido (admirou seu próprio contorcionismo de esticar a perna e metê-la na pia). Após enfaixar o pé com gaze, pisou firme no chão. Já ouvia o barulho da tranca eletrônica da porta da sala. A lembrança da sede voltou forte. Anna abriu mais uma vez a torneira, escancarou a boca, esticou a língua e engoliu a água fria com muita vontade.

Pegou, amorosa, o besouro, tomando o cuidado de não machucá-lo. Com repulsa, porém satisfeita, os olhos outra vez fechados, se permitiu sentir a plenitude do contato da ponta dos dedos com o animal.

— Ah...

Quando ele deu os primeiros passos pelo seu braço, Anna sorriu, arrepiada.

Vampiro

É de conhecimento público que na nossa cidadezinha habita, há anos, um vampiro.

E todos sabem: a imortalidade cobra seu preço, assim como cobram um preço o amor e o assassinato.

Morávamos em sítios vizinhos, afastados alguns quilômetros da cidade. Cultivávamos legumes e frutas; os pais de Silvino, porcos e cabras. Com frequência, nossas famílias trocavam entre si produtos. Leite e carne; tomate, alface, arroz, milho, macaxeira. Sou a primogênita de seis irmãos. Éramos órfãos — nossos pais, nos explicou Vovó, tinham morrido no primeiro ano da chegada do vampiro, ano sobre o qual os adultos não nos falavam muitas coisas. Silvino perdeu seus avós naquele mesmo ano. Ele era filho único, criado por pais tristes e jovens.

Eu queria ver os cabelos bonitos de Silvino. Sempre que possível, tentava espiar pelas janelas de casa para ver se ele passaria, ao longe, com seus pais, nos limites dos nossos sítios. Antes de eu completar dezessete anos, mal o víamos. Ele trabalhava pouco, parecia estar sempre doente, pálido. Ele e os pais eram muito brancos, e seus pais tinham sardas, manchas, vermelhidões, acho que do sol. Bem diferente da nossa família, de pele cor de terra e rosto indígena. Vovó um dia me explicou que, gerações atrás, quando os antepassados de Silvino apareceram fugidos do Recife, os nossos antepassados já viviam aqui.

Nem seus pais, nem Vovó e nossas tias permitiam que nós os ajudássemos. Vovó tinha razão: se fôssemos ajudar os vizinhos, quanto tempo a gente ia ter para cuidar dos nossos afazeres? Às vezes, ouvíamos a família de Silvino, assim como os ajudantes que eles volta e meia contratavam, cantando o dia inteiro enquanto trabalhavam. As cantorias não chegavam até nós em palavras que pudéssemos entender. Pareciam sinos feitos de cristal, sinos que se jogavam uns contra os outros até se partirem.

Vovó nos criava com o auxílio das suas duas irmãs. A gente tinha que plantar-colher, a gente tinha que estudar, a gente tinha que fazer nossas orações. Acordávamos bem cedo, recebíamos a visita de alguma professora (Vovó sempre pegava no pé delas; nenhuma durava muito em nossa casa). Depois do almoço, ajudávamos, a tarde toda, no que fosse preciso. Depois, à noite, sonolentos, mas sempre levando alguma reclamação, ou um tapa na cabeça, ou um puxão de orelha, as três nos ajudavam na lição de casa. As professoras corrigiriam, depois, essas mesmas lições; Vovó, quando julgava necessário, corrigia a correção das professoras.

Além dos deveres de casa, as noites eram habitadas por histórias, enredos, causos. Tínhamos um rádio há muito quebrado; naquela época, não existia televisão. Nos distraíamos jogando cartas, jogos de tabuleiro e contando histórias. Vovó nos falava de muitos casos engraçados, quando estava de bom humor. Se sua raiva mal se segurava no peito, se ela e suas irmãs brigavam, as histórias se tornavam severas, falavam de vampiros, de garotas e garotos perdidos na mata, de bruxas e dentes que iam nos devorar.

Um dos recintos de casa guardava, em velhos armários de madeira, cujas portas de vidro viviam trancadas à chave, a amada biblioteca de Vovó. As pessoas acham que a gente que vem do mato é bobo e ignorante — mentira! Vários sítios tinham livros, sim, embora nem todo mundo soubesse lê-los. Vovó sabia, e as tias também. Quando não pegavam as histórias penduradas na cabeça das pessoas, os contos e poemas de todo mundo, vivos, invisíveis, aéreos, Vovó pegava um dos seus livros e lia alguma coisa pra gente. Lia de tudo, lia poesia, lia teatro, lia romances.

Meus irmãos sempre dormiam (e talvez ela no fundo usasse os livros como sonífero) — eu não, eu permanecia acordada o máximo possível, enquanto Vovó passeava pelas páginas. Só de vampiros, Vovó possuía um monte de livros. Eu adorava os desmaios das donzelas. Me apaixonava — segredo — pelos mortos-vivos. Mais mocinha, passei a pegar escondida as chaves dos armários. Qual não foi minha surpresa ao saber o quanto, às vezes, Vovó mudava as histórias! Um castelo europeu virava, na voz dela, uma fazenda de gado; as donzelas não eram lindas morenas e com nomes-Iracemas, como a gente; pelo contrário, eram coisas pálidas e sem interesse, uns olhos sem cor!

As noites nos completavam. Mesmo que de vez em quando um de nós acordasse a casa toda, gritando por ter acabado de tropeçar num pesadelo sangrento.

Ao longo dos anos, era isso que Vovó, as tias, as professoras, o povo que morava ali, nos fofocava sobre os vampiros:

Todo vampiro nasce de uma maldição.

Todo vampiro só se alimenta de sangue. Todo vampiro só é transformado se for virgem. Todo vampiro tem seus serviçais, geralmente jovens garotas ou garotos também virgens. Todo vampiro odeia alho e dorme de cabeça para baixo. Vampiros não morrem de causas naturais, mas podem ser destruídos com uma estaca enfiada no coração. Vampiros odeiam espelhos, odeiam se enxergar em superfícies refletoras.

Vampiros são territoriais: se um pousa e se estabelece em um lugar, outra infestação acontece somente a centenas de quilômetros de distância. Vampiros só se alimentam no inverno, quando se deve sair de casa apenas durante o dia e mesmo assim para atividades essenciais. É ruim uma cidade ter um vampiro? Não é ruim, mas também, nos explicavam, está longe de ser a condição ideal para um lugar. Havia os vampiros brasileiros e os vampiros estrangeiros (os últimos sempre pareciam ser mais sedutores, interessantes, misteriosos).

Vovó e nossas tias eram todas desgastadas.

Vovó dava as ordens. As tias nos alimentavam e construíam brinquedos de madeira e de tecido para nós. Todos juntos metíamos as mãos na terra; todos juntos nos encolhíamos nas noites de tempestade. Vovó e titias eram muito religiosas! Eu só não sabia que religião seguíamos de verdade. Havia imagens na nossa casa, simples e úmida, do deus que morreu na cruz e da sua mãe. Vovó nos contava histórias dele — um homem-deus muito bondoso — e do pai dele (um pouco impaciente), que no fim das contas era o deus na cruz também. Do pai do homem-deus a gente tinha medo, mas as histórias do pai nos colocavam no caminho certo da vida e da terra. Então a gente devia ser católico, mesmo indo à igreja uma vez por ano. Nunca na catedral da cidade, mas numa igrejinha perdida na beira da estrada, próxima a uma usina. As posses da igrejinha se resumiam a poucos bancos, um padre velhinho e sonolento e um cemitério cujas lápides branquíssimas lembravam dentes enfileirados.

Mas Vovó e as tias contavam de seres que nasciam do seio da terra, que nadavam pelas águas ou, à noite, desciam na mata por cordões prateados das suas casas nas estrelas. Contavam de uma adolescente meio planta, temperamental, e dos seus gritos. Esses deuses também tinham morrido e ressuscitado, às vezes. Eles eram mais úteis para os problemas práticos, eram quase amigos, de tão perto que Vovó dizia estarem. Elas falavam, como não podia deixar de ser, de muitos vampiros, mas ocasionalmente eles tinham outros nomes, não se ligavam tanto ao ar, e sim às plantas e aos açudes e aos riachos. A sede de sangue, porém, os colocava na mesma família.

O padre velhinho pregava que a gente tinha um só deus; e quando eu perguntava disso a Vovó, ela ria dizendo que todas as amizades são importantes, principalmente porque todo mundo tinha certeza de que na nossa região vivia um vampiro.

Um vampiro tão perto de nós, isso era um fato que preocupava profundamente Vovó. Minhas tias também tinham medo, mas ligavam menos para isso.

— Ninguém nem viu esse bicho!

E quando uma das duas soltava dessas, Vovó resmungava muito.

Dá para dizer que o sítio e a nossa casa foram habitados por nossa família, pelas professoras contratadas, por ajudantes sazonais e pelo medo. Ao longo do dia, Vovó fazia uma série de rezas, por proteção. Além disso, espalhava sal nas entradas da porta e nas porteiras do sítio; pendurava alho no alpendre e no nosso pequeno curral; acendia fogueiras e velas nos dias indicados tanto no seu surrado *Almanaque astrológyco & lunnar*, que pertenceu à sua mãe, quanto no *Livro da vida e do dia dos santos*.

No fim das tardes, todos os dias, assim que os morcegos da região saíam das suas casas e começavam a dançar pelos ares, Vovó parava qualquer trabalho e separava uns quinze minutos só para xingá-los. Lançava nos coitados dos bichinhos todo tipo de praga e de esconjuro.

Um dos meus irmãos costumava dizer que já tinha flagrado Vovó e minhas tias, nas madrugadas de lua cheia, paradas, de costas para nossa casa, olhando o céu. Aos pés delas, sussurrava ele, havia flores de hibisco; Vovó segurava o seu chicote, em uma das mãos, e uma peixeira, na outra. Pareciam rezar, quem sabe para a própria lua.

Mas não sei — hoje sei que muita coisa fez parte dos nossos sonhos.

Certa vez, o padre falou na missa que o Mal ia acabar um dia.

— Na verdade, pequeninos — ele chamava adultos e crianças assim —, o Mal tem data de nascimento e terá certidão de morte. Nenhum Mal dura para sempre. Raspe o fundo do tacho da vida, raspe, e o que sobra é o vazio, que é o Bem. O Bem é o estado natural de tudo, fomos nós que permitimos a chegada do Mal.

Eu e meus irmãos ficamos tão animados com aquilo!

Nós fazíamos desenhos contando histórias do Bem e do Mal.

Claro, o Bem vencia e isso nos dava paz, aquecia o nosso coração. Desenhávamos o Bem com os punhos cerrados na cintura, a capa esvoaçando. Aos pés do Bem, a cabeça horrorosa do vampiro, derrotado eternamente.

Meu coração é que se aperreava... Se eu me desenhasse, ficaria de qual lado do papel? Quem estaria caído, a cabeça no chão? Porque eu adorava aprontar umas traquinagens, salgar escondida o feijão das tias, trocar as lições dos irmãos, pregar sustos. Achava engraçado quando os bichos tinham desconfortos... Mais mocinha, comecei a brincar *lá embaixo*, o que parecia errado. Às vezes me trancava duas, três, quatro vezes no banheiro e só parava quando meu rosto pegava um fogo-delícia e eu mordia a *outra* mão pra não urrar de pecado e alegria. Eu pensava nos homens sem camisa que Vovó às vezes contratava para ajudar; eu pensava — segredo — em Silvino.

Semanas depois daquela missa, eu passeava pela colheita com Vovó. Ela me ensinava o tempo de cada planta. Me obrigava a pegar com delicadeza as pétalas das flores, assim como a passar o dedo com suavidade na pele das frutas. Eu devia respeitar, amar e entender.

— A natureza — Vovó me ensinou — serve pra quando a gente entende que ela é amorosa.

— E planta tem *desejo*, Vó?

— Tem. De vida.

Daí continuamos a caminhar.

Vovó foi me mostrando a morte. Um pássaro prostrado no chão, o corpo coberto de formigas avermelhadas. Depois uma árvore adoecida, infestada de parasitas, os galhos quase todos desfolhados. Do tronco da árvore escorria um sangue incolor. Por fim, tomates murchos, escurecidos, com manchas de fungos. Aquilo foi me dando uma angústia tão grande que não me segurei:

— O Bem vai vencer o Mal no fim, não é, Vovó?

Nunca vou esquecer a reação dela: riu.

— Isso é dentro da vida e da morte. O Mal não vai embora nunca. E às vezes ele até visita. Outras vezes, é a gente que tem que bater na porta dele.

Por tudo isso, eu ficava confusa sobre o Bem e o Mal.

Em uma casa abandonada na cidade, vivia, as pessoas diziam, um vampiro. Balançando sua capa, pedindo sangue, exigindo o serviço das pessoas virgens.

O Mal do vampiro me era claro, direto. Mas e o resto? Desde cedo aprendi: tudo se mistura muito.

Lembro, muito pequena (talvez meus pais ainda vivessem), de terem chamado uma das tias para fazer o parto de uma garota, filha de um fazendeiro bastante rico. Chorei e esperneei até que ela e Vovó não tiveram outro remédio a não ser me levar a tiracolo. Fomos conduzidas do nosso sítio até a gigantesca fazenda pelos capangas do fazendeiro. A viagem durou horas e fomos tratadas com respeito.

O parto foi uma luta. Eu via que dentro do bucho da menina (ela era novinha, novinha) havia uma criatura se agitando. Procurei, porém não identifiquei o pai. Ao perguntar a respeito, ganhei um beliscão. A menina gritava de dor. Sem parar. Todos no quarto aparentavam preocupação. Vi sangue, muito sangue; vi umas secreções; o rosto da menina... Achei, em certo momento, que ia se desfazer de tanta lágrima. Ensaiei um choro — e lá veio outro beliscão.

Então a criatura saiu de dentro das pernas da menina. Virou um bicho pequeno, irritado, berrando sem parar. Ligando o corpo do bichinho à mãe, uma corda nojenta, uma corda através da qual o bebezinho sugava a vida da menina, sugava seus fluidos, sugava o sangue. Seus bracinhos e perninhas se sacudiam — e eu tive certeza de que nenhum bebê nasceu para este mundo. Todos choravam, minha avó inclusive (minha tia não, porque ela tinha se transformado, durante o parto, em um dever, em uma obrigação, em uma estátua. Ela ainda precisava voltar a ser minha tia, imagine só chorar!). O bebê, revoltado e vivo; a mãe, exausta. Entendi que o choro dela era agora diferente. Até seu pai, o senhor das terras, bigodudo e com mãos de assassino, se desfazia em alegrias.

Na viagem de volta, as duas me perguntaram se eu estava bem e como eu me sentia.

Acho que nunca quero nascer, pensei em responder.

Ou então: se a gente se comporta direito durante a semana, trabalha fazendo tudo bem-feito e estuda as lições, Vovó libera todo mundo para brincar com os meninos dos sítios vizinhos. Silvino nunca aparecia nessas brincadeiras; as meninas dos sítios grandes, ou de fazendas, também não, por isso eu vivia correndo com os meninos ricos e pobres ou com as meninas pobres.

Era bom matar os passarinhos com pedradas, às vezes derrubando das árvores ninhos com seus filhotinhos sem uma pena no corpo.

Certa vez, mais para o início da noite, vi nos matos uma raposa com uma presa ensanguentada na boca. Enxerguei, enxerguei, tenho certeza, fios de sangue escorrendo do seu focinho. O sangue era a morte, mas também a sede. E os gemidos atrás das árvores, das safadezas, meninos com meninos, meninas e meninos?

Um dia, o sol se pondo, o clima mudou de repente. As nuvens foram se fechando, um vento frio varreu o açude onde todo mundo brincava. Eu tinha uns doze anos. Em pânico, gritei, "É o vampiro, é o vampiro" — todo mundo sabe que eles costumam viajar pelas tempestades.

Todos correram para todos os lados — lá vieram os adultos, entre eles uma das minhas tias, nos socorrer. Não sei se o vampiro pegou alguém, se sugou o sangue de uma criança, se comeu carne infantil. Sem luz nenhuma, na escuridão, a nossa família se abraçou com força enquanto portas e janelas fechadas sacudiam, furiosas e talvez famintas.

Por ser a mais velha, eu conduzia meus irmãos, de mãos dadas, pela estrada de terra que ia do nosso sítio até a entrada da cidade. No caminho, às vezes outras crianças, ou trabalhadores de outros sítios, se juntavam a nós e seguíamos juntos. Geralmente caminhávamos em silêncio, mas volta e meia alguém nos contava histórias do vampiro. Ele chegou num ano de estiagem, uma seca que pegou lá do sertão e foi chegando até aqui na serra. Veio batendo asas de morcego, diziam uns; veio na forma de um enxame de tanajuras, contavam outros; surgiu numa grande névoa carmesim, névoa que cobriu durante horas a cidade, juravam outros; ou simplesmente chegou, surgiu e tomou posse da casa mais antiga da cidade. Abandonada há anos, a grande casa pertenceu a um antigo senhor de engenho, um homem até hoje lembrado como cruel, violento, louco.

O caminho de terra era afastado da rodovia e passava ao lado de outros sítios ou das grandes plantações de cana. Um pórtico de madeira escura, com a palavra "bem-vindos", feito muito, muito tempo antes, recebia todos os visitantes da cidade. Quando só nós crianças caminhávamos, nem prestávamos atenção no pórtico. Mas, se algum adulto ia conosco, sempre parávamos um tempinho. Eles tiravam o chapéu da cabeça, olhavam-no por alguns instantes e ficavam quietos.

Só depois seguíamos.

Incontáveis referências ao vampiro chamariam atenção de um visitante de primeira viagem. Alhos e estacas pendurados. Cruzes por todas as edificações, fossem casas ou pontos comerciais. Estátuas sinistras de morcegos, ou do próprio vampiro.

Como ninguém o tinha visto pessoalmente, as estátuas de pedra, metal ou madeira representavam uma forma masculina delgada e trajando capa. O rosto, apenas uma superfície lisa, sem olhos, boca, nariz, orelhas. Na parede externa de um mercadinho, o dono mandou pintar o vampiro diante de um alto espelho retangular. Nada se refletia na sua superfície — e o morto-vivo cobria o rosto com as mãos. Naquele tempo não era como hoje, com motos zanzando em todas as esquinas, com muitos carros de som e televisores. Embora nossa cidade não recebesse tantos turistas, curiosos apareciam e compravam lembrancinhas na feira e nas casas de comércio.

Íamos passear na cidade, íamos à biblioteca da cidade, mas em especial a gente trabalhava na feira da cidade. Eu e meus irmãos ajudávamos a levar as hortaliças. Vendíamos ao povo dali e dos arredores, pois a feira era famosa na região. Não se vendia só comida, bebida ou objetos. Ela atraía os cantores e cantadores, os andarilhos e os poetas, os cachorros e os gatos famintos. Tinha gente que gostava de ir paquerar. Eu gostava de ver gente, mas às vezes me cansava e passava a contar as horas para voltarmos. Os pais de Silvino não ficavam na mesma rua da gente, porque só vendiam carnes e às vezes algum queijo. Ele nunca, nunca aparecia na feira. Ficava trancado em sua casa, quieto.

A feira também atraía os ajudantes de vampiro.

Todo vampiro precisava dos seus ajudantes, escolhidos por ele mesmo. Diziam que a maioria era virgem e jovem, mas, em algumas cidades onde havia um vampiro, podiam ser recrutados idosos. Essas pessoas viviam num outro mundo, o mundo de um vampiro. Vagavam causando medo ou indiferença. Esta era a reação das pessoas, desviar o caminho ou fingir que não estavam ali. O maior temor era ser abordado por um desses ajudantes, porque a cidade tinha a obrigação de obedecê-los. Caso contrário, as consequências seriam severas. Todo mundo conhecia as histórias das cidades devastadas pela fúria de um vampiro, cidades abandonadas até hoje, cidades cujas ruínas a gente evitava quase como se nelas estivesse impregnada uma maldição, uma doença mortal.

O que eles queriam? Supostamente faziam favores para o vampiro, embora a gente nem sempre entendesse do que se tratava. Ora vagavam como defuntos sem cova, ora corriam pra lá e pra cá, incansáveis, carregando objetos diversos nos braços. Suas conversas nem sempre faziam sentido. Às vezes demonstravam carinho pelo vampiro; outras vezes pareciam dominados pelo pânico. Não tomavam banho com frequência e seus braços e pernas e pescoços eram cobertos de gaze ou tecido. Queriam, acho, esconder as marcas dos dentes.

Muita gente, muita mesmo, em especial o pessoal que vinha de outras cidades e terras, acreditava que os ajudantes carregavam a sabedoria dos vampiros. São seres que vivem muito, não é? Apesar dos hábitos perigosos, devem ter o que ensinar. Os ricos da região e as duas famílias que mandavam na cidade tentavam ao máximo extrair algo útil das pessoas. Ninguém queria, ou tinha coragem, de ir lá bater na casa do vampiro e pedir conselhos, claro.

A simples menção a essa possibilidade trazia mau agouro.

— Ninguém quer o olho morto do vampiro com muita atenção na gente, menina! — Vovó costumava dizer.

Foi essa a minha vida, a minha rotina, durante meus primeiros dezesseis anos de vida. Até que, pouco depois de completar dezessete, passei a caminhar com Silvino.

Talvez, antes de enxergá-lo de perto e de conviver com ele, eu já estivesse apaixonada...

Não por Silvino, mas pela expectativa de Silvino, pelo cheiro que eu supunha sair da pele dele. Ele era uma maldição feita de algodão-doce.

De manhã cedo, Vovó e os pais dele nos colocaram na estrada.

— O menino é mofino demais. Tu vai começar a levar ele na cidade, leva ele na biblioteca, na praça. — Ela me avisou assim que acordei naquela manhã, enquanto me mostrava na cozinha, toda satisfeita, os generosos pedaços de carne dados de presente pelos pais dele.

Fiquei nervosa. Não sabia direito o que falaria ou faria na frente dele! Vovó notou e nada comentou, o que não era bem do seu feitio.

Os três nos esperavam, trajados de negro, na porteira principal do nosso sítio. Eu fui sozinha. Me aguardavam com pose de urubu. Do pai, lembro da face jovem, muito barbuda e cansada. Silvino se assemelhava mais à mãe, uma mulher magérrima, cachos dourados, olhos azuis e olheiras profundas. Silvino, magro e alto, olhava o tempo todo para baixo.

Sua voz sempre se perdia.

Ficamos muito amigos. Compartilhávamos livros e amávamos as histórias tristes. Andávamos de mãos dadas pelos caminhos e pela cidade. No começo retraído, Silvino logo revelou o gosto por conversar. Nossas caminhadas sempre eram agradáveis, ríamos e fazíamos imitações dos nossos familiares. Descobri também sua inteligência. Ele me ajudava nas contas matemáticas. Conhecia muito bem a geografia de vários países, apesar de mal colocar os pés fora de casa. Seus pais, revelou, tinham livros, também trancados à chave. Contrabandeávamos em segredo os exemplares.

    Não sei bem o que Vovó pensava dessa amizade toda. Meus irmãos falavam em "namoro", faziam piada e me enchiam a paciência. Sei que ele se preocupava — toda semana vinham as indiretas. Silvino não demonstrava sentir o que eu sentia. Talvez não gostasse de mim desse jeito, ou não gostasse de mulheres… Eu era feia? Não fazia ideia do que os homens pensavam sobre mim. Tudo era pretexto para eu enfiar as mãos nos seus cachos, ou roçar um pouco meu braço no dele… Nas minhas idas ao banheiro, Silvino se transformava num homem diferente. Ele consumia, fogoso, todo o meu corpo.

    Eu gostava de lhe dar presentes: um cacho do meu cabelo, um cabrito de crochê, envelopes com flores secas e borrifadas com meu perfume.

De vez em quando eu me divertia, eu apertava um pouco demais o pescoço de Silvino. Ele deixava. Nunca reclamava, apesar de suas bochechas avermelharem, apesar dos sons guturais que começavam a sair de sua garganta. Quanto mais ele me deixava apertar, mais o seu pescoço ficava não macio, macio não é a sensação — era um pescoço dominável. A marca dos meus dedos ficava na pele dele por um bom tempo — isso me agradava. Imaginava, na minha cama, os cabelos loiros de Silvino, inertes, flutuando no meio de um rio ou de um açude, suas mãos mortas boiando. Eu amava Silvino com ternura, mas também dentro da minha violência.

Quando chegou o inverno, contudo, o vampiro chamou Silvino.

Após me contar a novidade, comecei a chorar e sentir falta de ar. Nos sentamos em uma larga pedra na beira do caminho e ali ficamos.

— Você quer fugir...? — perguntei, sem convicção.

Silvino não respondeu. Suponho que quisesse me poupar do peso de seus novos deveres.

Abriu a mochila e me mostrou um saquinho de sementes. Tirou uma do saquinho e a colocou na palma da minha mão. Silvino, naquele momento, voltou a ser o garoto que antes eu desconhecia. Ajoelhado, cavou um buraco mais além da pedra onde estávamos sentados, onde a terra ficava mais roxa. Segurou a mão na qual eu guardava a semente e me conduziu. Juntos, plantamos e fechamos a cova com terra.

Nossa despedida, diante da porteira principal do sítio dos pais dele, se resumiu a um longo abraço. Ensaiamos um choro, até que ele me deu um leve empurrão e saiu correndo.

À noite, insone no quarto que eu dividia com três dos meus irmãos, eu me revirava febril na cama.

Vovó entrou abrindo a porta de supetão. Segurava um pires no qual tinha fixado uma vela. Nunca foi mulher de carinhos. Naquela noite, foi diferente. Sentada na minha cama, deitou minha cabeça no seu colo. Me contou uma história para dormir, o conto da menina que usava gorro e capa vermelhos. A pedido da mãe, a menina colocava pães fresquinhos numa cesta de vime e atravessava a floresta a fim de entregá-los à sua avó. Não desvie do caminho, minha filha, recomendava a mãe. Não desvie, nem fale com estranhos. No meio do caminho, no entanto, ela encontrou um onço, que são os maridos das onças. O felino perguntou para onde a menina ia. Quero responder, mas não posso falar com estranhos, por isso não vou revelar que estou indo na casa da minha vovozinha. Ah, ronronou o onço. Sua vovó gosta de milho assado? Tem umas espigas muito gostosas naquele caminho de lá, o onço falou, indicando um desvio do caminho com sua unha afiada. A menina decidiu seguir o conselho dele e se desviou do caminho. O onço, rápido e silencioso, foi até a casa da avó da menina, entrou por uma janela aberta, matou a velhinha e a esquartejou. Os pedaços de carne, o onço guardou nas prateleiras da cozinha; o sangue, em potes de barro, foi guardado no mesmo lugar. Depois de se lamber todo, o onço vestiu a roupa da avó e esperou a menina na cama. Ao chegar, ela saudou a avó-onço e perguntou o que tinha para comer. Trouxe pãezinhos pra senhora, vovó! O onço-avó disse que tinha carne e suco nas prateleiras e que a menina tirasse toda a roupa, porque não ia mais precisar dela. Depois de comer a carne e beber o sangue da avó, a menina voltou para o quarto onde, em cima da cama, a avó--onço a aguardava.

 Eu dormi antes de saber o fim da história do jeito que, eu acho, Vovó queria me contar. Dormi e acho que sonhei com mãos saindo da boca do onço. A mão, primeiro uma, depois a outra, abria por dentro a boca do gato até a velhinha conseguir sair lá de dentro. Dormi e sonhei com um zíper na testa da menina de capuz vermelho. O zíper, ao ser puxado, revelava uma onça.

Como explicar os dias, as semanas, sem reencontrar Silvino? Houve alguma mudança em nossa colheita, no ritmo da cidade, nas nuvens do céu, desde que meu amigo tinha passado a servir ao vampiro? Não consigo dizer. Mas eu caminhava sem foco, incapaz de perceber o sabor de uma fruta, das pedras, das páginas, o sabor de descansar o corpo exausto no travesseiro, o sabor das lembranças estranhas com Silvino.

Deitava na cama, depois das aulas, depois do trabalho com a terra, depois dos estudos, na expectativa de submergir numa areia movediça.

Os galos e o sol continuavam a me despertar, dia após dia. Abrir os olhos era sempre um arrependimento.

Milharal: uma sombra passou pelo céu. A tudo sobrevoava. Tentei olhar para cima — tudo fechado, sem sol. Tropecei, ou desfaleci. Fiquei um tempo deitada no chão. Com os cotovelos e as costas sujas de terra, me levantei e caminhei até os tomates. Um deles me chamou atenção pelo aspecto exterior, com furinhos e manchas. Peguei um canivete e o cortei ao meio. O suco vermelho escorreu. Se remexendo dentro das duas metades abertas como um segredo, pequenos vermes brancos. Lembrei-me de Vovó e da natureza amorosa. Seria também esse o amor que a planta queria?

Caminhei e caminhei até entrar na mata que fazia divisa com o nosso sítio. Não temia entrar sozinha. Não temia homem tarado nenhum, nem temia o vampiro. Não demorei a encontrar uma árvore recoberta por vegetais parasitas. Ao longo de meses, aquelas plantas fizeram morada no tronco, o envolveram, o penetraram e se ramificaram. Cheirei e toquei os parasitas — algo deles se desmanchava e perfumava; o cheiro não era o das flores, o cheiro não tinha convite de vida.

Há hóspedes indesejados; há hóspedes amados. Qual seria o caso ali? Mais adiante, um tronco partido. Me empolguei quando vi, por entre suas camadas de madeira podre, insetos passeando, manchas florescendo e brotos magros, verdes, desabrochando do caule partido. Um dos brotos tinha crescido mais centímetros do que os outros. Folhinhas nasciam no caule.

Com um canivete, escrevi no tronco morto o nome de Silvino. Um vento gélido, úmido, me acariciou.

Semanas depois, Silvino surgiu no caminho de terra num repente. Eu conduzia meus irmãos de volta de um passeio na cidade. Enquanto fomos na biblioteca, no mercado e na maior das praças, eu vistoriava todos os cantos, o detrás das árvores, os vultos das casas. Silvino? Nenhum sinal. Eu bem sabia *onde*, na cidade, ficava a casa habitada pelo vampiro, mas cadê coragem? Além de compartilhar a covardia com todos dali, havia também a questão da responsabilidade: Vovó confiara a segurança dos meus irmãos a mim.

Acho que ele surgiu do meio das canas-de-açúcar. Tomei um susto — não lembro como meus irmãos reagiram, mas acho que se assustaram também, embora menos do que eu. Talvez já o tivessem visto antes. Agora Silvino gostava de rondar os arredores, aprendera, com o vampiro, ou seguindo as ordens do morto-vivo, a girar e girar e girar. Ele demorou a perceber a minha presença. Tentei abraçá-lo, mas uma força me segurou do mesmo jeito que as coleiras estragam a alegria dos cachorros.

Usava um amontado de roupas. A pele, bastante pálida. E o que mais chamava a atenção eram as faixas de gaze, dos pulsos até a altura do cotovelo, envolvendo os braços. Percebi manchas na gaze, manchas escuras. Passados alguns momentos, ele finalmente deu sinais de ter percebido minha presença. Chamou meu nome e, aos sussurros, esticou os braços em minha direção. Quando nos abraçamos, senti cheiro de musgo, de objetos escondidos e esquecidos.

— Sim... Tudo vai bem... Ele... Muito trabalho e gentilezas...

Foi isso que me respondeu quando perguntei sobre sua nova vida e novas atribuições. Silvino parecia viver em um outro tempo. Sua alma, disso tive certeza, não pisava totalmente no chão. Volta e meia um tremor involuntário percorria a pálpebra do seu olho esquerdo. Ao me despedir lhe dei um presente: uma caixinha de música roubada do quarto das minhas tias.

O segundo encontro com Silvino aconteceu na feira da cidade, semanas depois. Ele usava roupas pretas e um capuz da mesma cor. Segurava com as duas mãos uma cesta de vime. Não tinha percebido a sua chegada. Foi como se ele tivesse, em um piscar de olhos, aparecido no meu campo de visão. Só dois irmãos e uma das tias tinham ido trabalhar na feira. Naquela hora, nenhum dos três estava comigo, saíram para fazer entregas e cobrar fiados.

Silvino chamou o meu nome. Eu não sabia como cumprimentá-lo! E descobri, dentro do meu coração, uma raiva. Não somente do vampiro, mas do próprio Silvino!

— O vampiro agradece, mas ensina que não se deve receber presentes dos hóspedes. — E me devolveu a caixinha de música.

Eu segurei, rancorosa, a caixinha na mão. Silvino abaixou o capuz e me surpreendi. Havia muita cor no seu rosto. A pele parecia vívida, vital.

Sorria. Um sorriso delicioso, um sorriso que sem dúvida era sua maneira de me compensar.

— Tenho muitos afazeres a cumprir na cidade.

Eu mantinha fixo o olhar nas gazes enroladas nos seus pulsos.

Os meses revelaram os dois extremos de Silvino. Ora ele era quase um fantasma; pálido; alheio; viajante de muitos tempos. Nesse estado, eu geralmente o encontrava na biblioteca, ou rondando o sítio dos seus pais. Poucas vezes o vi entrar em casa — e somente se convidado pela mãe. Acredito que dormia quase todas as noites na casa do vampiro. Evitado por todos, exceto pelo vampiro e os demais serviçais (mas onde estavam e quem eram?), eu era sua única companhia. Outras vezes, porém, ele surgia como um príncipe sombrio, dando ordens na cidade e cumprindo funções, inspecionando comércios, fazendo perguntas, solicitando encomendas para o seu mestre. Não sei se todos o obedeciam.

Fantasma, ele falava frases entrecortadas, incoerentes, simulava vidas esquecidas no tempo passado.

Príncipe, eu mais o escutava e o seguia do que qualquer outra coisa. Ele conversava, me usando como espelho, com alguma outra alma distante. Eu continuava fascinada pelas gazes que envolviam seus braços. Silvino percebia minha fascinação e, às vezes, me deixava tocá-las.

Fiquei só, estive só.

O sol transparente, frio, invernal, percorria a serra da Borborema e os montes.

Nem sei, naqueles meses, o que foi de mim. Em casa, alguma coisa estava no ar. Eu era evitada. Talvez temida? As professoras não pisavam mais em nosso sítio. Nos dias de feira, as pessoas me chamavam de estranha, até me ofendiam, ou me ignoravam. Vovó me defendia com os punhos sacudindo o ar e depois se fechava por dentro.

É sonho e não é.

Sonho: a gente puxa os fios de prata e eles se desmancham em pó invisível nos nossos dedos. Puxamos, puxamos — o que nos visitava? Quem nos visitava? Qual a paisagem? Tudo se move, muda.

A silhueta de Silvino — sombra — no horizonte da estrada de terra. Ele me acena, feliz-infeliz. Há sugestões de rostos nos troncos das árvores à beira da estrada. Sou bonita e uso um vestido branco, um ramalhete de flores nas mãos. Depois meu vestido se contamina com a noite e estou, sou habitada, por um dos livros da minha avó. Danço, abrindo bem as pernas e desenhando, com os braços, o ar. Danço liberta!

Gosto de algodão-doce.

No sonho acordo com gosto metálico na boca. Meus lábios, mordidos e sangrando.

Na noite final, meus irmãos dormiam, mas nós, as mulheres da casa, não.

Sentávamos à larga mesa de madeira da sala, jogávamos cartas e conversávamos. Lá fora, mais um temporal — ribombar dos trovões, o susto dos relâmpagos. Pensei nas teias de aranha do quarto, encontradas por mim na faxina da tarde. Dois emaranhados de teia nas esquinas do teto, nos quais insetos mortos estavam presos nos fios pegajosos. Que lindo e terrível, concluí, a testa suando, vassoura de palha na mão. Continuava desolada, mal-humorada, sem rumo. Lampejos de imagens — Silvino — surgiam sem contexto. Eu não as entendia.

A mesa era uma teia. Espalhadas em volta dela, éramos cinco predadoras e cinco presas. Eu reclamava, reclamava, reclamava. Lamentava a sorte, a terrível sina de Silvino. Culpava o vampiro, amaldiçoava o morto-vivo — e cada lamentação minha, cada imprecação dita com fogo no coração, parecia retorcer a noite.

Minhas tias faziam pouco-caso de mim? Vovó me olhava com bastante preocupação, quase como se eu, de tanto falar do vampiro, lhe desse permissão para entrar em casa. Seria isso? O vampiro nos visitaria para conquistar e emaranhar, para amarrar com seu laço nossas vontades e desejos?

— Menina, acorda. Deixa esse vampiro pra lá. Acorda pra vida, menina!

Uma das tias, muito impaciente, bufou isso. Na minha cara.

Não sei como aconteceu: um estrondo e lá estava eu, de pé, enfurecida, ofendida, a memória de Silvino apertando, com sete laços, o meu pescoço — na mão esquerda, as pontas afiadas da garrafa de água partida. As tias se levantaram da mesa em pânico, exceto Vovó.

As tias velhas trocavam olhares espantados entre si. Aguardavam, acho — tudo foi confuso — a reação, ou as instruções, da minha avó. Essa, por sua vez, não se mexia. Continuava imóvel, o olhar fixo em mim.

— Saia — sua voz, por fim, falou, cheia de autoridade. — Saia dela. Saia *agora*.

As tias estavam chocadas, incrédulas com o que Vovó falava.

— Vovó… — Meu corpo tremia, os cacos afiados. — É… é o vampiro, Vovó…?

Ela não respondeu.

— Saia.

Uma fraqueza me passou pela cabeça — todo o meu corpo estava leve. Soltei, num grito, um bicho horrível, o bicho aprisionado na garganta. Gritei como louca, e eu não sou, nunca fui louca! Outro grande estilhaçar — o restante da garrafa, derrubei no chão, ou melhor, as mãos que não eram mais minhas, a vontade que não sou eu, a derrubou. Minhas tias quase deram um pulo de pavor.

E eu ri.

Só nessa hora Vovó, em silêncio, se levantou. Apontou o dedo e me disse:

— Tire esse pijama, pegue um guarda-chuva.

Por todo o chão, uma vontade linda, enfeitada com minúsculos brilhos, de pisar, rasgar e sangrar. Luzes se acendiam nos quartos dos meus irmãos.

Encharcadas, tremendo com o frio da meia-noite, saímos do sítio e entramos no sítio dos pais de Silvino. Muita água, grossa, escura, cheia de terra e bichos e folhas, corria por nossos pés. Eu estava descalça — Vovó, de galochas, não reclamou do meu desleixo. Seu rosto mantinha uma expressão fixa, de gelo e tensão. As árvores e plantas das nossas propriedades sacudiam — a noite se movia sem cansaço. A cerração envolvia o chão e as copas das árvores. Eu tremia de frio, mas resistia. Vovó tinha se agasalhado bem, ao contrário de mim.

Uma porteira conectava os dois sítios. Tive medo de algum cachorro não nos reconhecer, mas nada falei. Vovó caminhou com determinação, sabendo exatamente aonde queria chegar. Passamos ao largo da casa, passamos pelos cercados dos bichos até chegar na região menos iluminada, bem ao fundo da propriedade.

Vi uma cruz de madeira fincada no chão.

Vovó esticou o lampião que carregava consigo e me entregou.

Lá estava o nome de Silvino, com sua data de nascimento e data de morte. Encarei Vovó incrédula. Sua respiração tinha profundidade de poço. Encurvada, ela perdera a dureza gélida. Tinha o ar de abandono dos resgatados.

Ela respirava, respirava.

— Como...?

Me ajoelhei e toquei, emocionada, a cruz.

Não sei quem, então, contrariou o vampiro.

Não sei quem afinal de contas — eu ou Silvino? — era de verdade o seu servo.

Não sei quem o chamou para dentro de casa.

Agradecimentos

Este livro é dedicado à memória do meu prezado amigo Thiago Blumenthal, que tão cedo nos deixou. Thiago foi o primeiro leitor da versão inicial de *Gótico nordestino* e suas sugestões de leitura foram fundamentais para a finalização deste trabalho.

Um agradecimento especial vai para a minha agente, Marianna Teixeira Soares, cuja leitura do manuscrito e cujo apoio foram fundamentais para que este livro encontrasse seu caminho e pudesse existir. Agradeço, também, à leitura atenta e sugestões dos meus editores, Marcelo Ferroni e Luara França, bem como a toda a equipe editorial que trabalhou no livro e o poliu enormemente.

Meu muito obrigado aos amigos e amigas que, ao longo dos anos, leram versões de alguns dos meus contos e me ajudaram demais com suas sugestões. Agradeço, por fim, ao apoio constante da minha família, bem como a você, leitora-leitor, por topar caminhar comigo ao longo dessas nove histórias.